JAHRESGABE 2010/2011

Ecce ad nihilum redactus sum et nesciui psal 7
Quam miser et miserabilis pauper cæcus et nudus
esse m. Apo 30.
Siehe lieber Mensch, wie bin ich doch Zue Nicht worden und habs nicht gewust
Ach wie Elendiglich, wie erbärmlih bin Ich doch, Arm, Nackhet,
Blind und blos, und habs niht gewust. Apoc 3.

Non Sum sicut Cæteri homines. Luc 18.
Diues sum et locupletatus et nullius egeo
Apo 3
Ich bin nicht wie die andere Menschen, Luc 18.
Ich bin Reych, wol häbig, und bedarff Keines Menschen
Apo 3

COMOEDIA DIVINA

MIT
DREI VORREDEN
VON
PETER HAMMER, JEAN PAUL
UND DEM
HERAUSGEBER

Mit einem Nachwort
von
ARMIN SCHLECHTER

Universitätsverlag
WINTER
Heidelberg

Bibliografische Information der Deutschen Nationalbibliothek
Die Deutsche Nationalbibliothek verzeichnet diese Publikation in der Deutschen Nationalbibliografie; detaillierte bibliografische Daten sind im Internet über http://*dnb.d-nb.de* abrufbar.

Der Nachdruck beruht auf dem Exemlar der Staats- und Universitätsbibliothek Hamburg Carl von Ossietzky, Signatur A/362258

ISBN 978-3-8253-2010-2

Imprimé en Allemagne · Printed in Germany
Druck: Memminger MedienCentrum, 87700 Memmingen

Gedruckt auf umweltfreundlichem, chlorfrei gebleichtem und alterungsbeständigem Papier

Den Verlag erreichen Sie im Internet unter:
www.winter-verlag-hd.de

COMOEDIA DIVINA

MIT

DREI VORREDEN

VON

PETER HAMMER, JEAN PAUL

UND DEM

HERAUSGEBER.

INSPICERE TANQUAM IN SPECULUM ET EX
ALIIS SUMERE EXEMPLUM SIBI.

1808.

DIE WEIHE.

QUEM TU MELPOMENE SEMEL, etc.
HORAT.

Wem du, heilige Dunkelheit,
Einmahl bey der Geburt freundlich gelächelt hast,
O der öffnet sein Auge nie
Deinem fröhlichen Strahl, Helios, nie sein Ohr
Dem Geträtsche des Menschensinns.
Tief im Kellergewölb', da wo die Fledermaus
Herbergt, lohnet die Göttin ihn
Mit der heimlichen Gunst, lehrt ihn Bereitung des
Dinges, welchem der Nahme fehlt.

Hochgesträubet das Haar steht er im Kreise; wirft
In des mystischen Kessels Bauch
Kindermythen, ein Reis von dem bezauberten Ast und alle Violen des
Dichtergartens und zu Häcksel geschnitten den
Grafen Gleichen und Lacrymas.
Und den Kessel ergreift selber Begeisterung,
Brummend tönt er ein Klinggedicht.
Schwarz aufqualmet der Dampf, schwindelnd erschwindeln die
Kellerwohnenden Fledermäus',
Und schon will sie der Tod haschen, da fällt er selbst,
Blutlos, todt, und der Tod ist todt. 1)
Ja, ich sehe, du bist, brüllet des Sehers Mund,
Göttin, welche im Anbeginn
Deckte brütend das Ey, bis ihm die Schale sprang,
Und der Wahnsinn gebohren ward.
Treulich hat sich dein Wort in den ägyptischen

Bilderschriften uns aufbewahrt.
Staunend deuten wir sie, und ein prophetischer
Laut ertönet wie Duftmusick
Aus dem Grabe von Böhm, klingend erhüpft das Horn
An der Seite des Postillions. [2]
Und wie heiliger Tanz hunderte mit ergreift,
Einen stach die Tarantel nur,
Sieh, so wälzet sich auch, seit sich mein Mund erschliefst,
Alles, himmlischen Wahnsinns voll.
Daſs ich lebe und bin, Göttin, ist dein Geschenk,
Daſs das Lachen des Volkes mich
Laut verkündet als den, welcher den Weg dir bahnt,
Daſs die göttliche Grobheit sich
Schon am Knaben bewährt, welchem der Bart erst keimt,
Alles wirkte dein mystisch Wort.
Dankbar will ich dir auch, wenn der Verleger hilft,
Einen Tempel nach Gall erbaun. [3]

Ha, der Britte soll nicht länger bezischeln uns,
Noch der witzelnde Gallier,
Der dem Menschensinn fröhnt, ewiger Kind-
heit werth,
Und an Tod und Geburt noch glaubt. 4)
Unsre Jüngerschaft soll ferner mit Neide nicht
Auf Bicêter und Bedlam schaun.

ANMERKUNGEN.

1) Und der Tod ist todt.

Diese Stelle deutet vermuthlich auf eine gewisse Ankündigung philosophischer Vorlesungen auf einer schon zum zweytenmahle berühmten Academie, worin es unter andern heifst: „Bis der Tod sich sterbend an das Leben verliert" u. s. w.

2) Es ist unbegreiflich, wie man die Macht des Klanges im Waldhorn, Posthorn, Nachtwächterhorn u.s.w. so lange verkennen mochte, ungeachtet jeder Schulknabe das Beyspiel von den eingestürzten Mauern Jericho's zu erzählen weifs. Unserer romantisch-katholischen Schule gebührt, neben manchem Preis, auch das Verdienst, sich einzig und ganz im Klingen zu offenbaren.

3) Einen Tempel nach Gall erbaun.

Man sehe in der Justiz- und Polizeyfama von 1807 den Aufsatz von Gall über Irrenhäuser.

4) Und an Tod und Geburt noch glaubt.

Herr Prof. Walther hat handgreiflich bewiesen, dafs bey der Geburt nichts gebohren werde und bey dem Tod nichts sterbe. In dieser Allgemeinheit und Ausnahmlosigkeit ist dieser Satz von Herrn W. zuerst aufgestellt worden; ein Umstand, auf den wir gern aufmerksam machen möchten, da es hier die Bürger- und Kammer-Krone, ob nummos servatos gilt, denn die Abschaffung der Hebammen und Todtengräber, der Aerzte und Halbärzte, der Geburts- und Findelhäuser, ja vielleicht sogar der Bordelle und des Taufexorcismus ist eine nothwendige und höchst erspriesliche Folge davon.

ERSTE VORREDE

VON PETER HAMMER alias GOERRES.

Sind die Leute denn besessen geworden? Welche Wuth ficht sie wohl an? Seht doch! sie sind auf die Fäden des Gewebes gestiegen, und tanzen wie toll und von Sinnen auf den Seilen im Kreise umher.

Ihr Verrückten! wollt ihr denn nimmer euch gönnen einige Rast? Umsonst, es reifst der Klang sie dahin! Mit wunderlichen Gebehrden und bleichen verstörten Gesichtern drehen sie immer im Kreise sich um.

So tanzt denn fort! Es ist viel sündige Materie in euch; die Anstrengung wird sie beweglich machen, und sie transpirirt dann im Schweise davon.

Hat der alte Wahnsinn junge närrische Brut von sich gegeben, dann geht er zu Bette, und wird klug und gescheidt.

Gehts doch jezt etwas liederlich zu, wird aber immer gebetet dabei, und ein streng, ernsthaft Gesicht gemacht. 1)

Alle Tollhäuser sollten aufgeschlossen werden; es ist lauter Neid von dem Bettelvolke, daſs es die Reichsten einsperrt; dann sollt ihr Wunder sehen, wie alles so verständig wird und klug.

Aus den Schriftproben, Heidelberg 1808.

---

1) Zielt vermuthlich auf einige unsrer neuesten frommen Dichter und einige unsrer berühmten lebenden Weiber, die den Muth hatten, das verächtliche prosaische Leben in das Gebiet der Romantik hinüber zû retten. Den nähern Aufschluſs wird uns der Nekrolog des neunzehnten Iahrhunderts künftig geben.

ZWEITE, FRAGMENTARISCHE
VORREDE
VON JEAN PAUL.

Von jeher hab ich diefs als die erste Kautel angesehen, welche wir zu beobachten haben, dafs wir jezt noch eifriger als je darauf aus seyn müssen, dafs wir nicht — toll werden, oder — was man nennt, — vom Verstande kommen, sondern lieber, wenns seyn soll, zu ihm. Es ist nicht zu sagen, was vollständiger Wahnsinn theils den Werken selber schadet, — besonders bei den jetzigen Spaltungen — theils dem Autor als Menschen. Jeder Tropf sezt sich heimlich über einen Wahnwitzigen; und selber unter seines Gleichen im Tollhause hat der gröste Narr nicht mehr Ehre als der kleinste .....

Viel dürfte zur Tollheit auch der poetische Idealismus in seinem Bunde mit dem

Zeitgeist hinwirken. Einst, wo der Dichter noch Gott und Welt glaubte 1), und hatte,

---

1) Durch unsere Dichterphilosophen wissen wir doch wenigstens, woran wir mit dem lieben Gott sind, als worüber uns selbst die Theologen immer bei der Nase herumgeführt. Die Aphorismen über die Kunst vom Prof. Görres in Heidelberg haben uns auch hierin eine Pechfackel aufgesteckt. Es heifst daselbst:

„Vernunft, Phantasie und Muskelkraft sind die drei Potenzen einer und der nähmlichen unveränderlichen Function in unsrer dreifachen Persönlichkeit; Verstand, Sinn- und Erregbarkeit die drei veränderlichen Koeffizienten dieser Function, die von äussern Verhältnissen abhängen, und nur von ihnen Bestimmung, Werth und Geltung erhalten müssen. In die Persönlichkeit der Natur lassen sich gleichfalls jene drei Potenzen hineinlegen, und das heifst ihr einen — Gott geben. Die allgemeine Naturvernunft verkündigt sich in der moralischen Weltordnung, und wird auf unsrer Erde durch die Mensch-

wo er mahlte, weil er schaute, indeſs er er jezt mahlt, um zu schauen, — da gab es noch Zeiten, wo ein Mensch Geld und Gut verlieren konnte, und noch mehr dazu, ohne daſs er etwas anderes sagte, als: Gott hats gethan! wobei er gen Himmel sah, weinte, und darauf sich ergab und still wurde. Was bleibt aber den jetzigen Menschen nach dem allgemeinen Verluste des Himmels bei einer hinzutretenden Einbuſse der Erde? . . . . . .

So vieles im Dichten neigt uns der Tollheit zu: Der Wunsch, neu zu zaubern, wozu man nach dem Volksglauben, stets Worte ohne Sinn nehmen muſs, z. B. Abra cadabra — das Sinn und Sach verlassende Arbeiten an bloſsen Reimen, Assonanzen, Wortspielen und Füſsen der guten Sonnette,

---

heit repräsentirt; die Naturphantasie deutet sich in der Schönheit der Schöpfung an; die Irritabilität in der plastischen Kraft, die mit unendlicher Elasticität aus allen den Erscheinungen hervorbricht, die sie aus sich selbst, unabhängig von uns, producirt. Daher die symbolische Mythe von der Dreifaltigkeit" u. s. w.

das willkührliche Nachträumen alter Völkerträume und Zeitenträume, die Doppeldürre an Erfahrung und Gelehrsamkeit, eine Leere, welche, wie schon Baco an den Scholastikern bemerkte, desto mehr schadet und aufreizt zu phantastischen Schaumgeburten, je mehr Kräfte da sind, daher jezt so viele poetische Werke nur zerschlagene kalte Eier sind, deren Inhalt ohne Bildung und Küchlein umher rinnt in Eiweiſs und Dotter, Sinnbilde der Philosophie und Poesie . . . . .

Daſs man jezt wenig lieſst und erfährt, daſs man zwar ein paar wild aus dem Mittel- und anderm Alter herausgegriffene Köpfe studiert, aber ohne die Reihe weder rück- noch vorwärts, daſs man nur Ebenbilder philosophischer und poetischer Götzen und Götter anschaut, daſs daher viele Spinozisten an geistiger Schwindsucht versterben, wie Spinoza an leiblicher, alles dieſs führt auf hundert Betrachtungen u. s. w. . . . . .

Wenn Blumenbach bemerkte, daſs die Vögel durch leere Hölen im Kopfe und in den Flügelknochen zu ihrer Flughöhe steigen, und wenn Sömmering fand, daſs groſse leere Hölen in den Gehirnkammern ausserordentliche Fähigkeiten verkündigen, so ist dieſs eben nur physisch, was sich geistig bei den gröſsten Poetikern wiederholt, welche recht gut wissen, daſs das, was man mit einem unhöflichen Worte Ignoranz nennt, ihren dichterischeu Kräften an nnd für sich gar nicht schade; ja manche gehen so weit, daſs, wie die Mönche dreierlei Armuth haben, wovon die stärkste sogar das Nothwendige entbehren will, sie gleicher Weise sich des Nöthigsten für Autoren, nähmlich des Deutschen zu entschlagen suchen, und, so wie Pomponius Lätus kein Griechisch lernte, um sein Latein nicht zu verderben, sie kein Deutsch lernen, um ihre eigene Sprache nicht zu verfälschen. Es giebt jezt kein Deutsch und keine Sprache aus irgend einem Jahrhundert, desgleichen keinen Reim und Versbau, die nicht könnten geschrieben werden, und wenn bisher jeder seine eigene Orthographie behauptete, und zu nichts gehalten war, als blos zum Halten derselben, so verficht jeder seine eigene, reichsfreie deutsche Sprachlehre. . . .

Wer verachtet jezt nicht alle Welt? Ich wüſste Niemand. — Der Grund davon ist, daſs ein jetziger Poet, der nähmlich zugleich ein Poetiker ist, durchaus ein Object hat, welches er unaussprechlich bewundert, z. B. Shakespear. Bewunderung aber macht, nach Home und Plattner, dem bewunderten Gegenstande ähnlich. Das merkt nun jeder junge Mensch, und findet sich daher auf die angenehmste und zufälligste Weise von der Welt in den Stand gesetzt, herabzusehen auf jeden, der zu Shakespear hinaufsieht. Daher wird ein Mensch über das allerhöchste Lob nicht neidisch oder aufgebracht, das seinem Schooſsdichter zufällt, sondern es lezt ihn leise. Der Grund ist, er merkt nur zu gut, daſs er Voltairen gleiche, welcher in Paris, wo er an Lorbeerblättern im Magen verschied, aus seiner Loge, ohne allen Neid, dem Aufsetzen des Lorbeerkranzes zusah, welches auf der Bühne seiner — Büste wiederfuhr . . . . .

Das Verachten und Entbehren des Stoffs macht die jetzige Dichtkunst immer mehr der Musik ähnlich, ohne Sinn umherrinnend; der poetische Flügel macht blos Wind, anstatt auf diesem zu steigen, so daſs sie aus den Bildern, ja aus der Sprache endlich in den Klang zieht, und zwar als Assonanz und Reim nur hinten und vornen, wie Musikstücke nur mit dem Dreiklang beginnen und schlieſsen. Wer jezt gar nichts zu sagen hat, läſst in einem Sonnet tanzen und klingen, so wie kluge Wirthe, die saures Bier zu verzapfen haben, tanzen und spielen lassen. Der Nahme, Stanze, passet dann trefflich, denn so heiſst das eiserne Instrument, womit man italienische Blumen macht und zerschneidet. Ich will das Jahr als mein frohestes preisen, welches 12 Monate hat, wo ich kein Sonnet sehe und höre, so erbärmlich jagen uns auf allen Gassen Musen-Pferde mit diesem Schellengeläute nach, von Reitern besezt, deren Mantelsäume und Kappen gleichfalls läuten. Die Reimquellen, welche Klopstock auf einige Jahre zutrat, springen um desto gewaltsamer und lustiger an allen Enden in die Höhe. Wäre Bouterweks angenehme Vermuthung richtig, daſs der Reim durch den Wiederklang aus den deutschen Wäldern entstanden, so lieſse der jetige Holzmangel manches hoffen; aber ich glaube, gerade jede Leerheit kommt den Echos zu passe. Leute, welche weder Begeisterung noch Kräfte, nicht einmal Sprache besitzen, ringen der letztern ein ausländisches Qualgedicht ab, und legen uns diese Form, als sey sie poetisch gefüllt, auf den Tisch, wie die Karthäuser, welche, weil sie kein Fleisch und folglich auch keine Würste essen dürfen, Fische in Schweinsdärme füllen, und dann von Würsten reden und speisen.

Drei Vorlesungen in Leipzig pag. 665 u. flgde. 1)

---

1) Man könnte auch dieses ganze Buch als eine Vorrede zu unsrer Comödie Divina betrachten.

DRITTE VORREDE

VOM

HERAUSGEBER.

Die Comoedia divina, welche ich hier, als Herausgeber, zu bevorreden habe, ist keine Nachahmung des Dante, wie man vielleicht nach dem Titel zu glauben sich berechtigt halten könnte, sondern ein Werk eigenthümlicher Productivität, die, über den Geschlechtstrieb emporstrebend, als Begeistrung sich potenzirt. Wenn auch, wie die Aphorismen über die Kunst 1) des Breitern besagen, auf

---

1) S. 191. In der Gegenwirkung der Intelligenz und der Natur zeigt sich die erste uud die höchste Kunst, die der eignen Production, aus ihr geht als erstes und als höchstes Kunstwerk der Mensch.

der Dreieinigkeitsleiter der Kunst das Versemachen, als bloſses Schattenspiel, die unterste Stufe einnimmt, und das Weltmachen und Kindermachen oben ansteht, so muſs man demungeachtet dem Scheinbilden seinen Werth nicht zu gering anschlagen, zumal da zu den beiden höhern Productionen nicht jedermann Geschick hat, oder immer dazu aufgelegt seyn mag. Ist doch das ganze Leben nur ein Schein, oder vielmehr, wie schon Lessing bemerkte, der Schein eines Scheins, und der uns oft genug die Augen bis zu Thränen blendet; darum Ehre dem schönen Bestreben, welches die Lichtschirme hervorbringt, und sie mit allerlei lustigen Figuren bemalt. Den Verfasser dieser Co-

---

In der Gegenwirkung der Geschlechter zeigt sich die zweite Kunst durch die Zeugung. Als Kunstwerk geht aus ihr ein neues Individuum hervor. — In der Einwirkung des Menschen auf sich und die Natur ausser seinem Ich zeigt sich die dritte, die Kunst im eigentlichen Sinn, als Kunstwerk geht aus ihr Schein hervor.

moedia divina kenne ich nicht; zwar hat man mir unter vier Augen als solchen einen jungen, genialischen Schweizer genannt, der sich damit abgiebt, Petrefacte der Seele zu verfertigen, indem er die krummen Flächen ins Gemüth hebt, mit andern Worten, einen jungen Bildhauer [1]); wer er aber auch seyn mag, so wird wohl keinem Leser entgehen, daſs ihm bei dieser Arbeit die Analyse wirklich ins Gemüth getreten sey [2]), und wenn seine Abdrücke des Lebendigen im Soliden [3]) eben den Werth haben, den wir seinen ge-

---

1) S. 62 dess. Werks: Stereometrie enthält die krummen Flächen und die geometrischen Körper; ins Gemüth gehoben giebt sie das Ideal der Sculptur.

2) In dem Manuscripte steht, ins Geblüt, wahrscheinlich aus Versehen, denn S. 61 der Aphorismen heiſst es ausdrücklich: das Ideal der redenden Kunst ist: Analysis, ins Gemüth getreten.

3) Das Lebendige im Soliden abgedruckt, giebt plastische Kunst.

standenen Ideen, in die Form der Wirklichkeit gegossen, zugestehen müssen [1], so möchten wir ihn aufmuntern, ein Werk auszuführen, welches gewöhnlich den Menschen überlebt, weil es von Stein ist, die Mystik nämlich, wie sie ihrer Tochter, der Romantik, das Waldhorn und den Rosenkranz darreicht. Die Figuren in kolossaler Gröſse, wenigstens 50 Ellen hoch, und wo möglich klingend, wie die Bildsäule des Memnon, sobald ein Geweihter sich nähert, oder der Abendstern aufgeht. Den Weg der Subscription können wir übrigens hier nicht anrathen, denn er ist so vollgedrängt von Abgebrannten und Entbrannten, von Eingewiesenen und Ausgewiesenen, von Pilgern, Einsiedlern, preussischen Officianten aus Polen, Advocaten des Kammergerichts, Declamatoren, deutschen Kaffeefabrikanten und anderm romantischen Volke, daſs selbst das Oelkrüglein

---

1) S. 37 u. 38. Dem sentimentalen Dichter gibt die Wirklichkeit die Form, die Natur ist für ihn aber nur die gestandene Idee.

des Propheten nicht mehr zu Sallat und Nachtlichtern hinreichen würde. Dahingegen dächt' ich, man verwendete die zwanzig tausend Thaler, welche das an Kraft arme, aber an Weihe reiche Deutschland zu Luthers Denkmahl gesteuert hat, für die Ausführung dieses Bildwerkes, zumal da es mit dem Verdienste der Reformation überhaupt so weit her nicht ist, und von höherer Religiosität auch kein Funke darin anzutreffen seyn würde, ohne die Scheiterhaufen von Hufs, Servet, und wer sonst noch zu Gottes Ehre geschmoort wurde, oder die Bluttaufe erhielt, weswegen denn auch der Verfasser der Lucinde und die Tochter Mendelsohns, wie die Zeitungen gar rührend erzählen, in der frommen Stadt Cöln sich neulich vom alten Sauerteige rein haben waschen lassen. 1)

---

1) Dafs Calvin den Servet braten liefs, war die höchste Religiosität. Ausspruch eines berühmten protestantischen Lehrers der Kirchengeschichte.

Die göttliche Comödie zerfällt übrigens in drey organische Haupttheile, wovon die beiden ersten augenscheinlich für Liebhabertheater bestimmt sind, doch könnten auch Hoftheater, bei gewissen Feierlichkeiten, z. B. bei grofser Sommerdürre oder bei anhaltendem Regen in der Heuerndte, wo man sonst in katholischen Ländern Betstunden zu halten pflegt, einen nützlichen Gebrauch davon machen. Des Dichters Küchengarten ermangelt zwar der dramatischen Form, doch liefse er sich wohl auch darstellen in engen häuslichen Zirkeln, etwa während des Essens, wenn das Rindfleisch zu hart ist, oder der Braten nicht zureicht. Doch will der Herausgeber hierin nichts vorschreiben, denn billig bleibt, wie Daries und Nettelbladt ausführlich erwiesen haben, und auch im Stryk und Leyser nachzulesen ist, jede Sache, und folglich auch ein Kunstwerk, dem freien Gebrauch desjenigen überlassen, der es auf eine der herkömmlichen Arten zu seinem Eigenthum gemacht hat, sey's nun durch

Occupation, wodurch bekanntlich das meiste Eigenthum erworben wird, obgleich die Polizei nicht immer damit einverstanden ist, oder durch Vertrag, wo dann freilich, wenn das Object ein Buch ist, der Verfasser stillschweigend mit einbedingt, daſs sein Product keinen Schaden an der Ewigkeit erleide, für welche er es bestimmt hat.

Und nun will ich diese Vorrede noch kurz in eine Dedication verwandeln, und wenn auch nicht das Büchlein, welches mich nichts angeht, doch diesen meinen Avis au Lecteur dir widmen, Bruder meines Herzens, hoch und feinsinniger F., der du jezt in diesem Augenblicke vielleicht am schäumenden Anio sitzest, wo vor deinem innern Auge die vergangenen Jahrhunderte erstehen, wie Herkulanum und Pompeji hervorgingen unter der Harke des Winzers, oder an der Pyramide des Cestius ein Todtenopfer bringst deinen ruhenden Landsleuten. Am liebsten möcht' ich mit dir stehen an den Lavaschichten des

Vesuv, und fragen den Geist des Bergs: Wie lange brauchte dieses in Asche zerfallene Leben, bis wieder ein Frühling aus ihm blühen könnte und eine Erndte?

Basel am 1. Mai 1808.

W. G. H. Gotthardt.

ERKLÄRUNG DES TITELKUPFERS.

Vor allen Dingen müssen wir unsre Leser bitten, das Titelkupfer nicht von dem Verleger nachfordern zu lassen, denn es ist bis jezt nichts davon zu Stande gekommen, als diese Erklärung. Wir schlagen hier den umgekehrten Weg unsrer Dichter ein, die ihre Sachen immer unerklärt lassen, wozu sie sich freilich auch berechtigt halten können, indem das, was sie aussprechen, ihrer Versicherung nach, etwas unaussprechliches ist.

Damit man aber nicht etwa unserm guten Willen misstraue, so müssen wir noch bemerken, dass blos die Abhaltung unsers Zeichners Ursache ist, warum unsre Leser ein wahrhaftes Bild Dürerschen Geistes und Gemüths entbehren müssen. Es war nämlich dieser Meister im Helldunkel mit einem andern Meisterstücke für die Einsiedlerzeitung beschäftigt, vorstellend einen berühmten romantischen Philosophen, der die Welt erschafft. Oben schwebt die bereits fertige Kugel mit Adam und Eva, in Flammen, anzudeuten die überschwengliche Liebesglut der frommen mystischen Schule; — zur Rechten blasen die Freunde des Philosophen auf Nachtwächterposaunen und verkündigen das neue Wunder; zur Linken kommt der Gott sey bei uns, und lacht sie aus nach seiner hämischen Art. Unten erscheint die Stadt am Neckar, wo die Weltschöpfung vor sich geht bei einem Glas Bier, und im Vordergrunde sitzt ein Affe mit der Theorie des Klangs beschäftigt, eine höchst sinnreiche Idee, da unter allen Wesen mit vier und zwei Beinen und ohne Beine dieses humoristische Geschöpf für den treuesten Repräsentanten der Romantik gelten kann, indem sich in ihm eben so rein das Naive gestaltet, zum Beispiel, wenn es Nüsse knackt, oder Burzelbäume schlägt, als das Sentimentale, welches sich hauptsächlich dadurch erweist, daſs bei dem Affen die Poesie abwärts durch Musik, (bekanntlich sind die Affen vortreffliche Tänzer und Lautenschläger), und durch den Wohlgeruch in den Geschlechtstrieb übergeht. [1])

Doch wir wenden uns von diesem Gebilde ächter Eiweiſs- und Sauerstoff-Kraft [2]), auf welches wir nur so ganz zufällig gekommen sind, wie Newton zur Lehre von der Anziehung, oder wie einige Mystiker zum Katholicismus, zu der verheiſsenen Erklärung unsers Titelkupfers.

Links steht der heidnische Gott Apollo, als Sieger des gräulichen Lindwurms, an einen alten Lorbeerbaum gelehnt, wo seine Lyra hängt. Eine junge Muse flieht schüch-

---

1) Wie aufwärts Poesie mit Malerei durch die Schauspielkunst sich verbindet, so geht sie abwärts durch Musik, durch den Duft des Wohlgeruchs in die Wohllust über, und erhebt sich dann wieder durch den Geschmack zur Plastik hinauf. Aphorismen über die Kunst.

2) Die Erklärung weiter unten.

tern zu ihm hin und fleht ihn um Schutz. Zur Rechten kömmt ein christlicher Romantiker, einen Harnisch über der Mönchskutte. Er reitet auf dem Thier, welches der fromme Einsiedler Antonius zur unschuldigen Kurzweil in seiner Zelle hielt, und das die westphälischen Bauern — nicht zur Kurzweil, sondern des Specks und der Schinken wegen, mitunter häufig in ihren Stuben dulden. Der Heilige leuchtet dem gewappneten Kämpen mit seiner Laterne. Der heidnische Gott hält lächelnd seinen Pfeil ausgestreckt, so daſs man ungewiſs ist, ob er die Sau anlaufen lassen will, oder den Romantiker, der einen ungeheuern mit Messing beschlagenen Folianten — vermuthlich die Werke Jakob Böhms — schnaubend emporhebt, um den eitlen Latoniden an den Wurf mit dem Diskus zu erinnern, den er selbst einst seinem Lieblinge Hyacinthus beibrachte, oder an die Schleuder des Hirtenknaben. An der Wohnung des Einsiedlers steht Priapus, als Herme, und von dem Zeichen des Priapus gehen leuchtende Strahlen aus, wahrscheinlich eine Anspielung auf die göttliche Lucinde. Im Hintergrunde erhebt sich auf der einen Seite ein altes, zerfallenes Ritterschloſs, welches ein Uhu sich zur Warte erkoren, und aus den Fenstern schauen die vier Haimonskinder, Tieks Genovefa und Kaiser Octavianus, der gehörnte Siegfried, nebst anderm romantischem Volke, auf den wunderbaren Kampf herab; auf der andern Seite erblickt man den viel besungenen Doppelhügel mit den übrigen acht Musen, die sich besorgt bei der Kumäischen Sibylle, welche mit dem Buche des Schicksals neben ihnen steht, nach dem Ausgange des Streits erkundigen. Von den Zinnen des Olymps schwebt Hermes der geflügelte herab, gesandt vom Wolkenerschütterer, vielleicht um den Romantiker und sein sonderbares Streitroſs in Heuschrecken oder Krebse zu verwandeln.

Unsre Leser können sich übrigens das Anschauen dieses schönen Kunstwerks auf eine leichte Art verschaffen. Sie dürfen nur einen alten Besen nehmen, oder auch einen neuen, wenn sie die Auslage nicht scheuen, und die Reiser in kleine Stücke brechen, und den Apollo und die Muse und den Dichter und das Zeichen des Priapus und was sonst noch alles in die Komposition gehört, auf einem weiſsen Papierbogen in gehöriger Form aus den Reisern zusammenlegen, eine Erfindung, die überhaupt in unsern geldarmen Zeiten alle Berücksichtigung verdient, und wodurch man sich den Genuſs des ganzen Musee Napoleon auf die wohlfeilste Art von der Welt verschaffen kann. Freilich wird dabei das strenge Plastische immer mehr oder weniger in das unbestimmte Romantische übergehen.

DIE
LEIPZIGER MESSE.

Jupiter. Merkur.

Jupiter.

Es ist doch, beim Styx! eine langweilige Existenz, immer und ewig über den Wolken zu sitzen, und Nektar zu schlürfen. Da sind die Menschen noch besser daran, als wir glanzumgebenen Götter. Ihnen gestaltet sich das Leben täglich neu, aber uns ist ein Tag wie der andre.

Merkur.

Das viele Sitzen und Schlafen macht dich hypochondrisch, lieber Vater. Du solltest den Brunnen trinken, und bisweilen ein Lavement nehmen.

Jupiter.

Man wird nach und nach alt. Es ist ein wenig lange her, seit ich dem Eichenschleuderer Enceladus den Aetna auf die borstige Brust wälzte, und mir von Jungfer Europa Hörner aufsetzen liefs.

Merkur.

Soll ich dir Mis Leda oder eine andre deiner alten Liebschaften rufen?

Jupiter.

Ach, mein verdammtes Podagra!

Merkur.

Mir kommt ein Einfall. Es ist eben Leipziger Messe; Apollo soll uns seine sechs Falben lehnen, und damit fahren wir zur Erde und amüsiren uns unter dem Volke.

Jupiter.

Was ist auf einer Messe groſs zu sehn? Krämer, und wieder Krämer und nichts als Krämer.

Merkur.

Um Sporn oder eine Nachtmütze zu kaufen, wär' es freilich nicht der Mühe werth; aber lustig mag es doch seyn, die närrischen Sprünge zu begucken, welche die Menschen da unten machen, seit die Hundstage des groſsen Weltjahrs eingetreten sind. Auch kannst du bei dieser Gelegenheit das Buch des Schicksals wieder einbinden lassen, denn die alte hölzerne Decke ist gewaltig von Würmern durchfressen.

Jupiter.

Nun meinetwegen! Sag dem Apollo, er soll anspannen lassen, aber seinen Herrn Sohn verbitt' ich mir zum Kutscher. Der alte Chronos mag das Leitseil in die Hand nehmen. Nur fein sachte, hörst du? Ich will denn doch bei dieser Reise einige Facultäten wegen meines Zipperleins um Rath fragen.

Leipzig. Gewühl der Messe.

Jupiter.

Das rennt, das schreit, das rasselt durcheinander, dafs ich lieber neben dem Ambofs des Vulkan stehen möchte, als hier.

Erster Ausrufer.

Kauft, Leute, kauft,
Beschnitten oder getauft!
Pechfackeln, Feuerbrände,
Lichtschirme, Lichtstrahlen,
Charaktere schwarz und roth!

Leser, sollen wir dich nicht malen?
Die Zeit bringt Vieles, nur kein Brod.
Bunter Umschlag, weiches Papier!
Wo eine Leiche fault, da schmausen wir.

Zweiter Ausrufer.

Kauft, Leute, kauft,
Beschnitten oder getauft!
Eines ist euch allen noth,
Frömmigkeit, und uns das Brod!
Mägdlein, kauft die Lust am Gebähren
In der göttlichen Niobe,
Knäblein, kauft unsre frommen Mähren,
In Bordellen wohnt das Heilige.
Blumen aus dem Dichtergarten
Von Postpapier, ganz neue Arten,
Die Göttin vom Krokodillenstrand
Mit vielen Brüsten, ohne Fuſs und Hand.

Dritter Ausrufer.

Wollt ihr die neue Menschwerdung schauen,
Und kommt's euch auf zwölf Groschen nicht an,

So geht um fünf Uhr in den goldnen Schwan,
Ihr seht es gewiſs mit Lust und mit Grauen,
Was Weihe und Kraft in den Hundstagen kann.
Es sitzt da der Meister mit Salomo's Siegel
Mit dem Spatel am Apothekertiegel,
Und thut da hinein vor euerm Angesicht
Ein wenig Eiweiſsstoff und ein wenig Sonnenlicht;
Das rühret er emsig zum Sauerstoff gar,
Und plötzlich wird's ein Mensch mit Haut und Haar. 1)

Jupiter.

Ist denn alles rein toll geworden, oder führt die ganze Stadt eine Komödie auf?

Merkur.

Ich denke, es soll noch besser kommen.

Ein Junge mit einem Guckkasten uud einer Drehorgel.

Der Junge.

Liebe Herren, wollt ihr nicht in mein Loch gucken?

Merkur.

Was gibt's denn zu sehen?

Der Junge.

Spitzt so hoch ihr könnt, euer Ohr,
Gar wunderbare Dinge kommen hier vor.
Gott Vater identificirt sich mit der Kreatur,
Denn er will anschauen die absolute Natur;
Aber zum Bewufstseyn kann er nicht gedeihen,
Drum mufs er sich mit sich selbst entzweien.

Orgelum, Orgelei,
Dudeldum, Dudeldei.

Jezt hat er sich entzweit, jezt ist die Welt
geboren,
Jezt säfs er im ewigen Anschaun verloren;
Da kommt die Reflexion und gibt ihm die
Hand,
Und mit ihr bringt er die Idee zu stand.

Orgelum, Orgelei,
Dudeldum, Dudeldei.

Die Innen- und Aussenwelt schlagen sich
recht breit,
Und der Mensch wird geboren aus dem
Streit,

Doch könnt' er ersaufen in der Erfahrung
Sumpf,
Drum faſst ihn die Freiheit mit Macht beim
Strumpf.
Orgelum, Orgelei,
Dudeldum, Dudeldei.
Der Geist amüsirt sich durch Reflexion
Mit der Natur und trägt den Organismus
davon *);
Auch beschert sie ihm ein närrisch Kind,
Genannt das Gemüth, ist aber taub und blind.
Orgelum, Orgelei,
Dudeldum, Dudeldei.
Die Intelligenz construirt sich in der Zeit
Als Object, und erkennt sich, und das ist
gescheidt,
Denn aus diesen und andern Constructuren
Entstehen Lehrbücher und Professuren.

---

*) Ich bin hier über die wahre Lesart nicht gewiſs. In meinem Exemplar steht Priapismus, aber in den Aphorismen über Kunst heiſst es ausdrücklich: Organismus.

Orgelum, Orgelei,
Dudeldum, Dudeldei.
Da kommt die speculative Physik,
Ist freie Thätigkeit und voll Geschick,
Sie trägt einen Spiegel, darin, wie ihr seht,
Der Geist ungebührlich auf dem Kopfe geht.
Orgelum, Orgelei,
Dudeldum, Dudeldei.
Hier steht der Künstler in der Unendlichkeit
Gerad in der Mitte, wie's ihn erfreut,
Er berührt die Idee, die zu Wasser zerrinnt,
Und an der Möglichkeit Gränze zum Brei
gerinnt.
Orgelum, Orgelei,
Dudeldum, Dudeldei.
Da kommt sein ärmrer Bruder her,
Mit Sack und Stab, läuft in das Kreuz und
die Quer,
Ihn verfolgt das Unbegränzte, er hängt sich
wie toll
An den Mantel des Begränzten, daſs es ihn
retten soll. 2)
Orgelum, Orgelei,
Dudeldum, Dudeldei.

Jupiter.

Habt ihr denn kein Tollhaus hier?

Der Junge.

Ach Herr, die Universitäten kosten zu viel.

Ein Zettelträger.

Mit allerhöchster Permission:
Hier ist angekommen Herr Schnauze und Sohn,
Sie haben die wortlose Kreatur
Erhoben zur göttlichen Kunstnatur,
Und Hella's Kothurn, erst wieder gefunden,
An ihre artistische Meute gebunden.
Sie spielen, und das ist ehrenwerth
In einer Zeit, die gar wenig ehrt,
Nicht mit Menschen, sondern mit Hunden, *)

---

*) Diese herrliche Erfindung gehört unsern Nachbarn, den Franzosen, wie alle Zeitungen erzählen. Aber unsre Landsleute, welche bekanntlich alles vervollkommnen, indem sie es frei nachbilden, haben dieses blose Mimenspiel auf dem Theater Montensier zum eigentlichen Schauspiel erhoben. Jede honette Familie kann sich auf

Und führen auf hiesiger Bühne auf
Des Schicksals grofsen gigantischen Lauf.
Heute stellen sie zum erstenmal vor
Niobe mit den Kindern und dem Chor.
Herr Spitz wird sich als Phöbos zeigen,
Und Mamsell Mops als Diana aus den Wolken steigen.
Auch studieren sie jezt ein den Grafen von Gleichen.

Jupiter zum Merkur.

Du hast recht, mein Sohn, es wird immer toller. Ich dächte, es liefse sich hier ein guter Handel mit Niefswurz machen. — Was steht denn da auf dem Schilde über der Thüre des alten Hauses? meine Augen sind etwas schwach.

---

diese Art ein kleines Liebhabertheater anschaffen, dessen Unterhalt eben keinen bedeutenden Aufwand erfordert, da die Mitglieder ausser der Bühne keine Kleider tragen, und mit Hausmannskost vorlieb nehmen, auch ist so leicht kein Zwiespalt wegen Rollenneid zu befürchten.

Merkur.

Herr Novalis Octavianus Hornwunder bietet seine Dienste an in allen Arten von Schriftstellerei.

Jupiter.

Das Genie müssen wir doch kennen lernen.

Dachstübchen mit einem grofsen alten Tisch und einigen zerbrochenen Stühlen. Herr Novalis Octavianus Hornwunder sitzt auf einem hölzernen Bock, und flickt seinen Ueberrock.

Jupiter und Merkur treten herein.

Hornwunder.

Ah — verzeihen Sie, meine Herrn! (Er springt herab.)

Jupiter.

Nur fortgemacht, guter Freund! Ein Loch im Ermel macht doch immer einen Rifs im Ansehen eines Gelehrten.

Hornwunder.

Es mag so gut seyn. Ein Schriftsteller hat nicht Zeit, sich viel mit Kleinigkeiten abzugeben. Das Leben ist lang und das Honorar hurz.

Merkur.

Was haben Sie denn da für einen sonderbaren Sitz?

Hornwunder.

Es ist das Pferd für Hypochondristen, von dem Lebensverlängerer Hufeland erfunden. Ich kann es Ihnen bestens anempfehlen, wenn Sie vielleicht im Unterleib incommodirt seyn sollten. Das Thier ist geduldig, wie der Pegasus, und wenn bei Ihnen die Kopfsteuer eingeführt ist, so dürfen Sie's nur, nach dem Muster des meinigen, ohne Kopf machen lassen. — Doch — ich habe die Herrn noch nicht einmal gefragt, wes Standes und Namens? Aber gewifs ein Paar neue Gevatterleute! ja, ja, die Herrn Buchhändler sind der wahre Talg des schriftstellerischen Lebenslichts; ohne sie wärs längst ausgeschneuzt wie eine Sternputze. Sie haben ohne Zweifel einige Büchertitel in Petto? Ich mache die Kinder, der Name mag heifsen wie er will; ja, ja, ich mache sie.

Merkur.

(Einige Hefte Papier vom Tisch nehmend.) Hier giebts ja schon Vorrath! (liest:) Ankündigung einer Zeitung für Bettler. — Von der Heiligkeit des Wahnsinnes. — Ueber den Zusammenhang der Mystik mit dem Geschlechtstrieb. — Ueber die Rindviehseuche, mit einem Anhange über den idealischen Atheismus, und einigen alten Volksliedern als Zugabe.

Hornwunder.

Es sind nur Andeutungen, bloſse Keime, welche auf Befruchtung zur Entwicklung warten. Sie dürfen nur befehlen, meine Herrn, was ich für Sie ausführen soll, auch hängt es von Ihnen ab, ob es eine Flugschrift werden soll, oder ein stehendes Werk, etwa von sechs bis acht groſs Octavbänden. Am liebsten möcht ich einmahl etwas in Folio schreiben. Für Zeichnungen und Kupferstiche weiſs ich allenfalls Rath. Dieses Haus ist ein wahres Athenäum. Im Erdgeschoſs wohnt ein Künstler, der zur Nase redet; zur Linken ein andrer, welcher die Musik zum gefrieren bringt. Im mittlern Stock finden Sie einen vortrefflichen Mahler im Flüssigen, und hier neben an meine liebe Nachbarin Lucinde, übt die Kunst des Gemeingefühls exoterisch und esoterisch, nach dem Muster der alten Philosophenschulen.

Jupiter.

Möchten Sie sich nicht etwas deutlicher über diese braven Leute erklären, welche so wunderbare Dinge treiben, denn in den Schulausdrücken bin ich etwas zurück.

Hornwunder.

Haben Sie denn die herrlichen Aphorismen über die Kunst nicht gelesen? Sehen Sie, das ist mein Gedankenbuch, da habe ich mir die Stellen eingetragen. (Er liefst aus einem Hefte:)

„Parfümerie ist redende Kunst, und spricht zur Nase, Musik des Duftes."

„Baukunst ist gefrorne Musik."

„Eine Mahlzeit ist ein Gemählde im flüssigen. Kochkunst ist Plastik des flüssigen, die Form des räumlich Efsbaren. Das Sauere entspricht dem Rothen, das Alkali dem Violet.“

„Die Kunst des Gemeingefühls zeigt sich wirksam am Lebendigen als ihrem Stoff; sie ist die Productive in der Zeugung, und der Geschlechtstrieb der Beruf zu ihr.“

Jupiter.

Diese Kunst ist mir von Alters her bekannt: Sonst aber läſst die Polizei sie nicht so öffentlich ausüben.

Hornwunder.

Wer könnte — seit wir das neue Evangelium des Verfassers der Lucinde besitzen, der aber nicht mit dem Verfasser meiner Nachbarin Lucinde verwechselt werden muſs — wer könnte noch Arges finden in der freien Ausübung der Liebe, dieser ältesten, kindlichsten und einfachsten Religion, welcher nichts gleich kommt, als die göttliche Kunst der Faulheit, das einzige Fragment von Gottähnlichkeit. 3)

Merkur.

Steht das alles in dem neuen Evangelio?

Hornwunder.

Dieſs alles wörtlich, und noch weit mehr.

Jupiter.

Was die Faulheit angeht, so scheint mir der Herr Verfasser so unrecht nicht zu haben. Es ist eine hübsche Reihe von Jahren, seit ich in den Quiescentenstand versetzt bin, und ich befinde mich ganz behaglich dabei, bis auf das Zittern in den Knieen.

Hornwunder.

Das kommt vielleicht von der Mystik.

Jupiter.

Was ist das für ein Ding?

Hornwunder.

Ich kanns ihnen am besten mit den Worten des ebengenannten Apostels sagen: Es liegt in der Natur des Menschen, daſs er alles essen will, was er liebt. Sehen Sie den ganzen Inhalt der Mystik. 4)

Merkur.

Ih bewahre! Ihre schöne Nachbarin wird doch ihre Liebhaber nicht aufspeisen?

Hornwunder.

Mitunter. Aber meine Herrn, ich habe Ihnen noch keine Erfrischung angeboten; mit einem Stilleben *) im Flüssigen kann ich nun freilich nicht aufwarten, aber sie sollen köstlicher bewirthet werden. (Er besteigt den hölzernen Bock.) Der Dichtergarten trägt zweierlei Arten von Früchten, excitirende und deprimirende. Sie staunen? ja, meine Herrn, einige Kunstwerke wirken excitirend, wie der Baldrian, andre deprimirend, wie das Bittersalz. Von beiden sollen Sie itzt den Effect an sich verspüren.

Merkur.

Nur nichts, was etwa die Wirkung der Brechwurzel hätte.

---

*) Stilleben nennt man in der Mahlerei die Darstellung lebloser Gegenstände, z. B. einer Schöpsenkeule, einer Weinflasche u. s. w.

Hornwunder.

Wer ergründet je die Spur
Der allwaltenden Natur!
Auch in Thieren übet sie
Plastik und Parfümerie.

Düfte giebt die Zibetkatz,
Plastisch liebt der junge Spatz,
Und der Wiedehopf baut keck
Sich sein Nest aus Menschendreck.

Süfse, heilige Natur,
Lafs mich gehn auf deiner Spur,
Führe mich an deiner Hand'
Wie ein Kind am Gängelband!

Nun, was empfinden Sie?

Jupiter.

Es steht so mitten inne zwischen Lachen und Weinen.

Hornwunder.

Ich kenne ihre Natur nicht, die Dosis war vielleicht nicht stark genug. Das zweite wird wohl besser eingreifen,

Geister munkeln,
Sternlein funkeln,
glimmern, flimmern,
winken, sinken,
säuseln, flüstern,
wie die Rüstern,
in der düstern
schwarzen Nacht.
Vöglein girren,
irren, schwirren,
flirren, klirren,
klingen, singen,
dringen, schwingen,
ringen, springen,
leben, streben,
weben, schweben,
beben, heben
sich empor.
Hörner tönen,
stöhnen, dröhnen,
Töne wallen,
Hallen, schallen
Durch den Flor.

Ruhig kommen
nachtumglommen
angeschwommen
auf den Wogen
Schifflein angezogen;
Sternumflossen,
unverdrossen
auf dem breiten
Pfad, dem weiten,
dem bekannten,
zu fernen Landen
die Genossen
voll stiller Glossen,
ohne Possen,
all' in Hosen,
muthig schreiten,
fröhlich gleiten,
Wimpel breiten
sich, die weiten,
goldne Zeiten
wollen erstreiten
die Genossen
und entleiden

den neuen Heiden
alte Possen. *)

Nun, meine Herrn? — Ja, ja, im geöffneten Munde kündigt sichs an, das Versinken ins Unendliche, und im Verstummen.

Jupiter.

In der That —

Hornwunder.

Stille, noch eine Charade will ich als Nachschüssel geben. Hören Sie, und üben Sie ihren Scharfsinn.

Zwei Sylben bezeichnen ein Ding,
Kling, kling!
Die erste meint etwas zu seyn,
Doch für sich allein
Ist sie bloſser Schein;

---

*) Das herrliche, zu wenig gekannte Original geben wir in dem dritten Abschnitte, oder dem Küchengarten, wörtlich.

Fährt aber die zweite in sie hinein,
So wird erzeugt das höchste Ding,
Kling, kling,
Der Diamant im Wesenring.

Nun rathen Sie? nicht wahr, die fünf Sinne stehen Ihnen still? Der Wahnsinn ists, ja, ja, der Wahnsinn, von welchem der begeisterte Sänger ausruft:

Göttlicher Wahnsinn,
Du allein
Fühlest des Todes Leben
Und des Lebens Tod.
Jeder Busen werd' Asche
Unter den Gluten des Wahnsinns? *)

Jupiter zum Merkur.

Der arme Teufel dauert mich. Ich will machen, daſs er zu tode gefüttert werde, sonst bringt ihn die Polizei ins Tollhaus.

---

*) Das Gedicht, woraus diese Stelle entlehnt ist, finden die Leser ebenfalls im Küchengarten.

(Er berührt den Hornwunder, welcher urplötzlich in eine Gans verwandelt wird. Ein Buchhändler tritt herein. Die Gans versteckt sich schamhaft unter den Tisch.)

Der Buchhändler.

Das sind verwünschte fünf Treppen!

Merkur.

Ja, die Schriftsteller wollen immer den Göttern näher seyn als den Menschen.

Buchhändler.

Wer von Ihnen, meine Herrn, ist der Herr Hornwunder? Doch stille, kein Wort! Ich will's errathen. Ich habe nicht umsonst zu den Füſsen Galls gesessen, und verstehe meinen Schädel zu taxiren, so gut als ein Finanzrath. (Er befühlt den Kopf des Merkur.) O weh, sie haben das Diebsorgan!

Merkur.

Da hätt' ich ja einen fühlbaren Beruf zum Schriftsteller.

Buchhändler (betastet den Jupiter).

Und Sie, mein alter Herr — Sie haben das Organ der Hahnreischaft. Je nun, vermuthlich ist ihr Weibchen jung und schön. Ich bin honett, ich, ich zahle sechs Thaler zwölf Groschen für den groſs Octavbogen, und gebe auch noch etswa in die Küche.

Jupiter.

Du bist ein Schlingel und ein Taugenichts!

Er berührt ihn und verwandelt ihn in einen Fuchs. Die Gans fängt gewaltig zu schreien an, der Fuchs springt auf sie zu, und erwürgt sie.

Merkur.

Treib die Natur mit der Ofengabel aus, sie kehrt doch wieder. Dieser Kerl frist seinen Auctor mit Haut und Federn.

Jupiter.

Sieh, nun hab' ich mir von dieser verwünschten Reise nichts als Aerger geholt.

Merkur.

Wir wollen ins Theater gehen. Dort giebt es doch wohl etwas zu lachen.

Jupiter.

Meinetwegen.

ANMERKUNGEN.

1) Als Commentar dienen einige Stellen aus einem neuen medicinisch-philosophischen Journal.

„Das Sonnenlicht, gefesselt von der Erdkraft, ist das Thier. Des Thieres Allerhöchstes ist Intelligenz, die sich dem Kohlenstoff anvermählt.“

„Eierweisstoff und Sonnenlicht zum Sauerstoff verdichtet, machen den Menschen.“

„Das Leben des Thiers ist ein Verbrennen.“

„Sonnenlicht und Erdkraft sind die einzigen Potenzen, durch die alles wird.“

2) Der Junge mit dem Guckkasten scheint die Aphorismen über die Kunst gelesen zu haben; seine Erklärungen sind, bis auf das Stehen des Geistes auf dem Kopfe sogar, wörtlich daraus genommen.

3) Die göttliche Lucinde des frommen Fr. Schlegel ist wohl nicht in jedermanns Händen, denn die niedlichen Bettbibliotheken von dergleichen klassischen Schriften, wie die nouvelle Justine, die Elegantiae des Meursius, die Puçelle und vor allem die gefeierte Lucinde, finden sich nur bei reichen Liebhabern, darum theilen wir die hieher gehörigen Stellen zur Erbauung im Küchengarten mit.

DER

SÜNDENFALL

THEATER.

Jupiter und Merkur unter den Zuschauern.

Der Vorhang wird aufgezogen. Die Bühne stellt das Paradies vor. Adam unter einem Baume sitzend, um ihn allerlei Gethiere.

Adam.

Es ist doch ein herrlich Ding ums Leben,
Und um den flüggen Menschenverstand!
Die Bäume, die mir Schatten geben,
Die Blumen hier im Farbengewand,
Ich fasse sie an mit liebender Hand.
Sie sind nicht ich, das seh ich wohl ein,
Das Holz ist Holz, der Stein ist Stein,
Ich bin ein Mensch, und kann kein Vogel seyn.

(Groſse Pause.)

Der Gott Vater, der dies alles gemacht,
Hat ein schönes Werk zu Stande gebracht.
Ohne Augen könnt' ich nicht sehen,
Ohne Füſse keinen Schritt weit gehen,
Und stoſs ich mir die Nase an,
So merk ich gleich, daſs ich nicht vorwärts kann.

(Neue Pause.)

Eh ich war, war alles da,
Aber ohne daſs es ein Mensch je sah;
Doch wärs besser, der Baum könnte sprechen,
Und die Rose hätte keinen Dorn zum Stechen,
Und ich verstünde der Thiere Schrei,
Und es wäre noch ein Mensch, dann wären unsrer zwei.

Gott Vater, in einem groſsen Mantel, aus welchem viele kleine Engelein die Köpfe strecken.

Gott Vater.

Adam, was treibst du?

Adam.

Ich mache Gedanken.
Vor allem will ich mich aber hübsch bedanken,
Daſs du mir den Kopf auf die Schultern gestellt,
Und zum Herrn mich gemacht in der schönen Welt.
Sag nur, wie du's angefangen,
Und die Sonne da droben aufgehangen?

Gott Vater.

Ich sprach eben, es werde Licht,
Und sonst das kleinste Wörtchen nicht,
Und die Sonne kam und ging ihre Bahn.

Adam.

Ei sieh doch, was der Gott Vater nicht kann!
Ich möchte wohl auch mahl etwas erschaffen,
'n Stein, 'n Blümlein oder 'n Affen,
Mich deucht, es würde mir lieber seyn,
Wenn es wäre Bein von meinem Bein.

Gott Vater.

Wohlan, es sey dir Gewalt gegeben!
Ruf aus dir ein menschlich Wesen ins
Leben.

Adam.

Nun denn, wie Ich, geh hervor aus
mir!
O weh, es sprengt mir die Ribben schier.
Mein Herr und Vater, das ist nicht zum
Spaſsen,
Wäre dir, so wie mir gescheh'n,
Du hättest das Erschaffen bleiben lassen,
Ich kann nicht mehr auf den Füſsen stehn.

(Er fällt mit dem Gesicht zur Erde. Eva springt aus seiner Seite.)

Eva.

Adam, da bin ich, sieh mich an!

Adam. (indem er voll Verwunderung den Kopf in die Höhe reckt.)

Ei sieh doch, Gott Vater, daſs ich auch
etwas kann!

Potz Daus, das ist einDing, wie ich,
Und fast hab' ichs noch lieber als mich.
Du gefällst mir, laſs uns beisammen bleiben,
Und unsre Wirthschaft mit einander treiben.

Eva.

Das will ich, du bist mein Männchen, du!

Adam.

Und du mein Weibchen auf itzt und immer.
Gott Vater, sprich doch den Segen dazu,
Denn von dieser da laſs ich nimmer.

Gott Vater.

Ich bin zwar nicht im Priesterornat,
Doch im Paradies brauchts keinen Staat.
Gebt euch die Hände, und seht euch an! —
Ein Schelm, der das Band itzt lösen kann.
Ihr sollt euch lieben und euch mehren,
Die Kinder erziehen in Züchten und Ehren,
Uns treulich theilen Freud und Leid,
So stehts in der Bibel, nun wiſst ihr Bescheid!

Geniefst das Schöne im herrlichen Leben,
Das Gute ist euch in Kauf gegeben;
Nur flieht mir die Schlange, den alten Wahn,
Und rührt dort den Baum der Erkenntnifs nicht an. —
Itzt will ich ein wenig spazieren gehen. 1)

(Gott Vater geht ab. Die Engelein springen aus seinem Mantel, und streuen Blümlein vor ihm her.)

Adam.

Und wir wollen das Paradies besehen.

(Sie gehen Hand in Hand ab.)

Satan (steigt aus der Erde hervor.)

Vom Nabelort der Erde, aus der Höll' ich komm, 2)
Der Schluft, der ewig Mitternachtumdunkelten.
Nach Donnerallmacht strebte auf mein grofses Herz —
Da warf mich Gottheitforderer und meine Schaar
Mit einem Blitze, einem rothgeschwänzeten,

Zehntausend Meilen tief der Nahmenman-
gelnde
Hernieder in des öden Orkus Graun-Bergthal,
Wo nicht befruchtend in des Lavabodens
Schooſs
Der Tagstrahl sickert, Keime schwellend mit
Glutkraft,
Und, wie Kometen, blutroth, in dem
Nebelqualm
Die muthigen Genossen ehr- und waffenlos
Hinwall'n, erseufzend in der Brust ob Schick-
salsgrimm.
Nun hat Er, der den Donner lenkt am
Zaumgebiſs,
Geschaffen seines Himmels Bild im Par'dies
hier,
Und schmerzlich seh' ichs strahlend blüh'n
hoch in der Flur auf 3)
Das Lenzgeleb' und wall'nde Lust im Süſs-
hauchduft,
Und blüh'nde Stämm vom Goldhaar über-
flossen rings.
Aus Erde hat Er ein Gebild gemacht, ihm
gleich,

Daſs es ein neuer Schemel sey seinem Fuſspaar,
Und itzt gesellt ihm eine Bettgenossin auch,
Daſs sie am theuren Webestuhl der Lieb' stets neu-
e Stammsproſs' sichtbar mach', zur Augenlust, was Glie-
derlust erst war; [4] so bildet schwellend sich der Keim
In Weibes Leib zur Frucht, und aus der Frucht entwi-
ckeln sich der frischen Keime zahllos viele frisch,
Und immer treibt das neue Reis zum Stammsproſs auf,
Und ewiges Gebähren neuer Knecht' wird seyn.
Doch noch ist Satan auch, und diese Mensch'n könn'n fall'n.
Und mehren als Genossen, ihm zum Trutz, mein Reich.
Ja, trügt mein Auge, mein scharſsehendes der Blick
In Zukunft Finsternisse nicht, so mag Er wohl

Die Augenbraunen unmuthsdüster niederziehn,
Wenn sie, verleugnend ihn, mit Andacht prahlen und
Versunken in Nichtswürdigkeit von Göttlichem
Zu reden sich erkühnen, während ihr Gemüth
So scheuslich ist, daſs sie sich selber Scheusal sind.
Doch kommt ein Späher dort, und ich muſs eilig mich
Verhüll'n, damit er nicht gewahr' den, der gefall'n.

(Er verwandelt sich in eine kupferfarbige Schlange, und verliert sich ins Gras. Ein Engel von der einen, und Adam von der andern Seite.)

Adam.

Willkommen, Freund! Er hat ja Flügel?
Trägt man's in seiner Heimath so?

Der Engel.

Bei uns gehts stracks über Thal und Hügel,

Und im Nu vom Dnieper bis zum Po,
Drum können wir nicht auf trägen Füſsen
schreiten.

Adam.

Nun, nun, so lang mirs auf der Erde
behagt,
Will ich mit Euch um den Schmuck nicht
streiten.
Was giebts denn Neues im Himmel, sagt?

Der Engel.

Ein Tag ist da dem andern gleich,
Darum heiſst es das himmlische Reich.

Adam.

Das mag zuletzt doch Langweil machen.
Ich und mein Weibchen treiben allerlei
Sachen.

Der Engel.

Ein Stück Ewigkeit ist bald verschwun-
den;
Wir singen zusammen einen Chor,

Und lesen in den Abendstunden
Dem Gott Vater die Zeitung für Einsiedler
vor.

(Eva tritt auf).

Adam (zum Engel).

Mein Weibchen hast du noch nicht ge-
seh'n?
Sprich, ist sie nicht zum Fressen schön?

Der Engel.

Wir Engel haben dafür keinen Sinn.

Eva.

Ich schlief dort an der Hecke von Jasmin,
Und vor mir stand im Traum eine Leiter,
Die stieg ich hinan, bis in die Wolken und
weiter,
Und hörte wunderbare Töne klingen.

Der Engel.

Das sind die kleinen Engelein, die itzt
singen.

Eva.

Ach, laſs mich doch auch ein Liedlein
hören,
Wie es ertönt in der kleinen Engelein
Chören.

Der Engel (singt).

Maikäfer flieg,
Der Vater ist im Krisg,
Die Mutter ist im Holderland,
Das Holderland ist abgebrannt.

Eva.

Zwar etwas dunkel ist mir der Sinn,
Doch reiſst es mich gewaltig hin.

Der Engel.

Das Heilige hüllt sich in Dunkel und
Grauen,
Und läſst sich nur mit dem innern Blick
erschauen. —
Doch bald hätt' ich vergessen meinen Be-
richt,

Hört, was Gott Vater zu euch spricht:
Er läſst euch melden seinen Gruſs,
Und ihr sollt euch sorgsam hüten
Vor des Baumes Frucht und Blüten,
Weil er euch sonst zum Teufel jagen muſs.

Adam.

Das hat er mir selbst schon eingebunden;
Und ich bewahr es mir zu allen Stunden.

Der Engel.

Nun ist meine Botschaft zu End,
Und wieder zum Himmel ich mich wend.

Adam.

Soll ich dir nicht eine Birne brechen?
Der Flug hat dich doch echauffirt.

Der Engel.

Wir Engel sind sicher vorm Seitenstechen,
Unser Körper ist Dunst, und wird nicht fatiguirt.

Adam.

Nun! glückliche Reise über Sonn' und Sterne,

Der Engel.

Ich durchshneide im Nu die unendliche
Ferne.

(Er fliegt davon.)

Adam.

Das heiſs ich denn doch geflogen!
Kaum scheint er noch wie eine Schwalbe
groſs!
Itzt ist er bereits überm Himmelsbogen,
Und sitzt vielleicht schon in Gott Vaters
Schooſs.

Eva.

Mein lieber Adam, ich trag ein Gelüsten:
Es brennt mir, wie Fieber, in den Brüsten,
Und ruft mir im Wachen und Traum,
Steh auf, und iſs vom Reinettenbaum,
Dann wirst du eine Göttin werden,
Und herrschen über Himmel und Erden.

Adam.

Ach, Evchen, gieb mir lieber 'n Tritt,
Iſs nur nicht vom Apfel, sonst eſs ich mit.

Eva.

Was ists denn? Der Alte wirds nicht gleich sehen,
Auch hat er sie schwerlich alle gezählt.
Ha, mich dünkt, daſs da einer fällt.
(Sie hebt den Apfel auf.)
Ja wahrlich, was Schönres hab ich nie gesehen.

Adam.

Er ist wie deine Wang' und Mündlein roth,
Aber drinnen sitzt der grimmige Tod.
Horch, was rauscht da in den Zweigen oben?
Eine Schlange streckt den Kamm heraus.

Die Schlange (auf dem Baum).

Ja, ja, diese Frucht darf den Meister loben,
Sie ist 'n wahrer Fastnachtschmaus:
Mir, dem Thier, hat sie die Sprache gegeben,
Den Menschen muſs sie zum Gott erheben.

Eva.

Siehst du das Wunder? nun beiſs ich drein,
Und werd alsbald eine Göttin seyn.

(Sie iſst vom Apfel.)

Adam.

Ach, Diebin, du hast mir den Verstand gestohlen,
Holt dich der Böse, so muſs er mich mit holen.

(Nimmt das übrige des Apfels, und verzehrt es.)

Eva.

Ach, Adam!

Adam.

Ach Eva!

Eva.

O weh, o weh!

Adam.

Was ists? hörst du schon den Gott Vater fluchen?

Eva.

Das nicht, mein Männchen, aber ich seh

Das ich nackt bin, und will mir eine Schürze
suchen.

(Sie eilt davon.)

Adam.

In meinem Kopfe wirds sonderbar,
Alles will sich anders gestalten;
Was dunkel war, scheint mir nun klar,
Nur weiſs ich nichts recht fest zu halten.

Eva, (mit einem Feigenblatt bedeckt.)

Adam.

Ach, Herzensweibchen, meine Producti-
vität
Strebt mächtiglich nach Stoff, und hat sie
den in dir
Erstrebet, theilt sie dir Form mit aus innerm
Drang.

Eva.

Es strebet meine Eductivität nach Form,
Und wenn sie kühnlich deine Form erstrebet
hat,
So giebt sie gern aus innerem Vermögen
Stoff.

(Unsichtbarer Chor der Infusionsthier-
chen.)

(Strophe.)

Wenn mit hundert Armen die Gemüther
Polypenartig sich umschlingen,
Die Organismen zur Umarmung streben,
Dann, im Augenblicke höchster Wechsel-
wirkung
Geht der erste Act
Im ganzen Umfang der Natur hervor,
Ein neuer Geist tritt auf die Leiter,
Ein neu Gemüth umhüllet ihn
Mit strahlendem Zodiakalschein,
Ein neues Leben flackert auf.

(Gegenstrophe.)

Des Mannes expansive Kraft,
Giebt Flüssigkeit dem rigiden Stoffe:
Die Cohärenz, die aufs Kompacte geht,
Hat eine Gegenkraft gefunden,
Und im Antagonismus, im freien,
Wird das Anorgische Gestalt.
In Weibes Schoofs krystallisirt
Ein neuer Organismus sich,
Und im lebendigsten Moment

Des Lebens, des lebendigen
Entsteht ein neu, lebendig Leben.

Gott Vater tritt auf. Eva versteckt sich.

Gott Vater.

Adam, was treibst du?
Hältst du deine Mittagsruh?

Adam.

Bin ich ein etwas, oder bin ich nur ein Schein?
Nur Eins kann seyn, und Vieles zeigt mir doch der Blick.
Das ist nur Täuschung! Eins ist alles, alles Eins.

Gott Vater.

Adam, Adam, bist du besessen?
Wahrlich, du hast von dem Apfel gefressen,
Dein Irrereden zeigt deine Schuld mir an,
Hättest du doch etwas anders gethan.

Adam.

Ich fühls, der Götter Leben ist Mathematik.

Gott Vater.

Nun mufst du des Todes sterben,
Uud den Tod werden deine Kinder erben.

Adam.

Es ist die Sterblichkeit und Wandelbarkeit ja
Ein Vorzug höherer und edlerer Natur.
Geistlose Wesen rühmen sich der Ewigkeit.

Gott Vater.

Gesündigt hast du, und ich habe dir das Leben
Und zu dem Leben die Liebe gegeben.

Adam.

Die Sünde und die Liebe haben gleichen Zweck:
Es streben beide nach Vereinigung mit Gott.

Gott Vater.

Thier und Blumen schuf ich für dich,
Und du warst so undankbar gegen mich.

Adam.

Vier Flämmlein flammen aus dem Schooſse der Natur,
Und legen ihre Excremente ab im Raum
Anorgisch ist der ersten Flamme Excrement,
Aus dem der zweiten werden Pflanzen, und aus dem
Der dritten Thier'; der vierten Excrement heiſst Mensch.

Gott Vater.

Eine Seele haucht ich dir ein,
Und gab dir ein Weib aus deinem Gebein.

Adam.

Der Körper will verdauen und verdaut die Seele.
Der Körper will der Nahrung und das Nährendste
Sichtbarer Nahrungsmittel ist das Weib, das hat
Gar klüglich ausgesonnen die Werkmeisterin
Natur, der Widerstand von dem zu Fressenden

Schürt mächtig des Genusses schöne Flamme
an.

(Eva kommt).

Gott Vater.

Du hast wohl recht, dich ein wenig zu
schämen,
Und magst mit dem Manne den Lohn hin-
nehmen.
In Schmerzen sollst du Kinder gebähren,
Und euer Leben soll eine Zeit nur währen.

Adam.

Sey ruhig, Evchen, denn es kommt gewiſs
die Zeit
Wo kluge Kunst den Tod inoculiren kann.

Gott Vater.

Eure Unschuld habt ihr verloren,
Werdet nur für die Tugend wieder gebohren.

Adam.

Das heiſst, wir sollen aus der schönen
Poesie
Hinunterschreiten in des Lebens Prosa nun.

Gott Vater.

Eure unsterbliche Seel' ist dem Satan
Gewinn,
Doch jammert mich euer irrer Sinn.

Adam.

Von allen Giften ist die Seel das stärkste
doch. *)

Gott Vater (zu einem Cherub, der vom Himmel herabfliegt).

Führ' diese da aus dem Paradies,
Und stell dich vor die Thür mit deinem Spiefs.

(Er geht ab.)

Eva.

Mir ist, als erwacht' ich aus einem Traum.
Was hier vorgeht begreif ich kaum.

Adam.

Auch ich komme wieder zu meinen fünf
Sinnen,
Und sehs vorm Auge wie Nebel zerrinnen.

---

*) Die erklärenden Stellen siehe im Küchengarten.

Der Cherub.

Viel zu spät kommt euer Bekehren,
Narren muſs man mit Kolben lehren.

(Er treibt sie fort.)

NACHSPIEL

Strafse. Egidio und Hanswurst treten auf.

Hanswurst.

Was wollt ihr hier, in dieser Geister-
Stunde,
Wo jedes Sternlein sich ins Bett versteckt.

Egidio.

Ach, mein Gewissen, das im Schlaf mich
weckt,
Genesen kann es nicht von seiner Wunde.

Hanswurst.

Ihr standet mit dem Bösen lang im Bunde,
Der nun die Pfoten nach dem Seelchen
streckt.

Egidio.

Ich habe manchen losen Streich geheckt,
Doch harr ich noch auf eine frohe Kunde.

Stimme von oben.

Am Ganges blüht der Menschheit neues Heil,
Zeuch hin, und laſs dort wieder rein dich waschen.

Hanswurst.

Ach, Herr, vergeſst zur Reise nicht die Flaschen,
Denn auf dem Meere trägt man wenig feil.

Egidio.

Hast du's gehört? Die Stunde ist gekommen,
Und ich bin nun dem tiefen Gram entnommen.

(Der Teufel als Einsiedler.)

Der Teufel.

Wohin so früh, noch vor dem Morgenscheine?
Wollt ihr nicht dort in meine Klause treten?

Egidio.

Du willst uns einen Reisekuchen kneten?
Wie kommst du, Teufel, in die Kutte 'nein?

Der Teufel.

Der Mensch wird Koth, und Streusand wird der Stein:
Wer jung getollt, der lernt im Alter beten.

Hanswurst.

Der Fromme braucht kein Unkraut mehr zu jäten,
Der Teufel selber trägt den Heil'genschein.

Der Teufel.

Der Dualismus muſs sich endlich heben;
Ihr zieht zum Ganges, und ich gehe mit.
Doch siehst du hier die Leiter? fünfzehn Schritt,
Und Laura wird in deinen Armen beben.

Egidio.

Versucher, weich! Ich habe mich ermannet,
Die Reu' ist fest in meine Brust gebannet.

Der Teufel.

Ha, Träumer, Wohllust ist Religion,
Im Fleische muſs das Wort sich offenbahren. 5)

Egidio.

Du lügst zu gern, ich hab es oft erfahren,
Und nähmst zur Stelle dir den Kupplerlohn.

Der Teufel.

Von mir geworfen hab ich List und Hohn,
Sonst konnt ich ja die Kutte mir ersparen.

Egidio (halb für sich).

Gar fest gebunden mit den seidnen Haaren
Trug Laura einst mein zappelnd Herz davon.

Der Teufel.

Schon mancher hat in dieser Zeit der Frommen
Dem Freund die Freundin zum Präsent gemacht,

Das Fremde Weib heim in sein Bett getragen,
Und ist zur Ehr und Andacht doch gekommen;
Der Gegensatz wird bald ins Gleis gebracht,
Wenn ans Gemüth des Indus Wellen schlagen.

(Egidio steigt ins Fenster.)

Hanswurst.

Hör, deine Lehr' ist keine Bohne werth!
Ich wette drauf, der Schalk ist dir geblieben.

Der Teufel.

Gemeiner Sinn versteht sich nicht aufs Lieben,
Wo sich das Fleisch in Himmelsglut verzehrt.

Hanswurst.

Du hast schon öfter Schwarz in Weiſs verkehrt,
Und mit den Narren deinen Spuk getrieben.

Der Teufel.

Das alles steht in Asts Journal geschrieben,
Und andre habens mit der That gelehrt.

Hanswurst.

Ich will gleichwohl zum Brama mich bekennen,
Doch halten sie dort auf Beschneidung, sprich?
Zum Kuhmist — ja, dazu versteh ich mich,
Doch möcht ich mich von nichts am Leibe trennen.

Der Teufel.

Das ist Symbol. Nur dies bewahre frei:
Eins ist vor Zwei, und Eins und Zwei sind Drei.

Hanswurst.

In dir hat Wunderwissen sich erschlossen,
Das kommt wohl von der frommen Kutte her.

(Egidio und Laura steigen aus dem Fenster.)

Laura.

An deinem Herzen flieg ich übers Meer
Baarfuſs, und weih mich Brama unverdrossen.

Egidio.

Der Liebe und des Lebens Zweige sprossen,
Und spreiten Kühle in die kreuz und queer.

Beide.

Leb wohl, der Heimath friedlich träumend Land,
Lebt wohl ihr Hügel, wo die Blumen tanzen,
Und Wasserfäll' in Waldhornklang zerstieben!
Die Leiber eint ein heilig Geisterband,
Die Wolken ziehn dahin mit goldnen Franzen,
Wo Stein und Pflanz und Thier und Mensch sich lieben.

Der geheime Rath (tritt auf).

Mir träumt, ich hätt' ein Ordensband erhalten,
Da ward mirs wieder durch den Lärm genommen,
Drum bin ich schnell im Schlafrock hergekommen,
Zu seh'n, was hier für schlimme Geister walten.

Laura.

Ach, Vater, laſs das Schicksal günstig schalten,
Ich bin gar fromm zu diesem Mann entglommen,
Kühn kam er durch die Luft zu mir geschwommen,
Und ohne ihn muſs ich im Nu erkalten.

Egidio.

Kanst du verzeih'n? Ein Stern ist aufgegangen,
Sein schönes Haar glänzt in des Indus Wellen,

Und scheucht das europä'sche, alte Dunkel,
Dort sollen wir zum neuen Seyn gelangen,
Der Teufel selbst will fromm sich uns gesellen,
Ihn treibts, wie uns, zum himmlischen Karfunkel. 6)

Der geheime Rath.

Ja, ja, das ists, das will mein Traum mir sagen!
Ich ziehe mit, dein Wort hat mich entzündet.

Der Nachtwächter.

Ihr Herren, hört, was euch mein Mund verkündet,
Es hat die Glocke Eins und Zwei geschlagen.

Egidio.

Das ist die Trias, die wir dort befragen,
Wo unser Seyn und Glaube sich begründet.

Hanswurst.

Was mich noch etwas an Europa bindet,
Ist nicht der Glaube, nein, es ist der Magen.

Alle.

Fort, fort, ins Land, wo Milch und Honig fliefsen,
Wo noch der Mensch in treuem Sinn bewahret,
Was ihm die Engel an der Wiege lasen.

Der Nachtwächter.

Ich will mich, denk ich, auch dem Zug anschliefsen:
Bei meinem Dienst wird doch nicht viel ersparet,
Und Nothfalls kann ich auch am Ganges blasen.

(Alle ab.)

Unsichtbarer Chor.

Das schöne Reich liegt fern im Meeresgrunde
Ein Tempel glänzt aus himmlischen Krystallen
Das Thor ein Klang, gefroren zu Metallen,
Und Blumen sprossen aus des Glaubens Grunde,

Ein Meer, wo oben, seitwärts, in die Runde
Vielfarbig nasse Andachtsflammen wallen, [7])
Und brennendkühlend alle Sinne Allen
Entrauben, süſsumspielend jede Wunde.

Nicht Zaubrer blos, nein, von den Seligkeiten
Bezaubert selbst, die er uns giebt zum Lohne,
Im eignen Garten Gärtner wohnt der Meister;
Und alle Feenhände fromm bereiten
Aus Reisstroh und aus Bambus uns die Krone,
Denn wir sind Funken aus dem Stahl der Geister.

ANMERKUNGEN.

1) In einer christlich romantischen Recension der Runge'schen heidnisch-plastisch-christlichen Tagszeiten läſst Herr Peter Hammer — (Malleus paganismi) den Gott Vater spazieren gehen, und die kleinen Engelein müssen vor ihm herspringen, und Blumen auf seinen Weg streuen.

2) Ehre dem Ehre gebührt. Die Form von Satans Rede verdanke ich dem Verfasser der Niobe, von welcher Herr Ast schreibt, daſs sie, so wie der Graf von Gleichen, ganz in jenem Geiste höherer Poesie gedichtet sey, der in allen Bildungen, die Idee des reinen und verklärten Lebens durchschauen läſst. In der Niobe beginnt die Rede der Pythia folgendermaſsen:

Vom Nabelort der Erde, Delphi, wandl' ich her,
Der Schluft, aus der ein dampfumhüllter Strahl erquoll
Zur Zeit, als irdscher Wechsel war die Frucht der Gä.
Nach nicht annoch geahntem Himmel aber, trat

Ihr dort zuerst, der Sage nach, ein Sehnen an,
Und so drang in ihr Wesen ein der Uranos,
u. s. w.

Wie bedeutungsvoll schimmert schon in diesen wenigen Versen die Idee des reinen und verklärten Lebens hervor!

3) Auch diese Stelle ist eigentlich der herrlichen Niobe nachgebildet. Ich setze das Original zur Vergleichung her. Der Chor ruft ihr zu:

Strahlend blühst du hoch in der Flur auf
des Duftes,
Der dir von goldhaarblüh'nden Stämmen er-
wallt,
Freudvoll im Schoofs dir wurzelnd, und sen-
dest dein Bild
Neu in die ausströmenden Goldquellen hin.
Weib du, des Stadtummauernden Jünglings,
Der Gesang ward, Stein anführend,
Als er dein Thebä umbaut, u. s. w.

4) Auch hier mufs ich bekennen, dafs ich dieses liebliche Bild geborgt habe, ich weifs nicht mehr ob aus der Niobe oder dem Grafen von Gleichen. Dasselbe gilt auch von den kühnen, geschleiften, gestofsenen Tönen oder Ellipsen, welche der Verfasser der

eben genannten Stücke mit wahrer Virtuosität in unsre Sprache eingeführt hat, und wodurch sie eigentlich erst musikalisch wird, weswegen denn auch die Bergkuppen und Schluchten als solche geschleifte Töne anzusehen sind, wie auf der Kutte des Einsiedlers mit mehrerem zu lesen ist. Daſs ich aber freilich in der Nachbildung hinter dem Originale geblieben bin, kann der geneigte Leser aus folgender Stelle ersehen.

Die Frauen aus Bagdad.

(Im Grafen von Gleichen.)

Wir verlieſsen ach, den schönsten Wohn-
sitz
Aus Bagdad entflieh'nd, durch Arabia's
Gefild kommend nach Joppe,
Segelnd die Insel vorbei, beherrscht
Vormahls, griechische Göttin, von dir,
Sammt reizenden Mädchen;
Allwo nun in dem Keuschheitsbündniſs
Die christlichen Streitführer,
Die mit dem purpurnen Kreuz auf dem
Schneegewand,
Vor meiner Stadt ich steh'n sah,
Soll'n in Hall'n leb'n, denen kein Weib
darf nah'n.

Es erzählten dies die Schiffer
Mir Fernschau'nden vom Kiel ihr Ufer.

5) Die Offenbarung im Fleische hat zuerst Friedrich Schlegel deutlich erkannt, und in der, leider! unvollendeten Lucinde eine ausführliche Exegese darüber gegeben. Und wie schön bezeichnet ist diese mystische Vereinigung von Geist und Fleisch in dem Schlusse des Grafen von Gleichen! Bekanntlich hatte der Graf, der nach Palästina zog, zu Hause eine Frau, und im Morgenlande fand er eine Geliebte, Halef mit Nahmen, und die brachte er mit sich nach Thüringen als seine zweite Ehegenossin, und die erste war darob höchlich erfreut, weil die Heidin in ihrem Manne Christum gefunden und erkannt hatte.

Der Graf von Gleichen.

O wunder-wunder ja höchst wundervoller Zug
Von meinem Weib und dieser Heimathsflur hinweg,
Und wundervolle, herrlich sel'ge Wiederkehr
Zu den Geliebten und von mir Verlaſsnen nie,
Mit der, die mich erleuchtet hat auf dieser Fahrt!

Der Schein des Morgensternes, wundervoller Gott,
Hat bei der Nacht, manch Jahr hindurch, auf mir geruht,
Und ist gewandelt, mich geleitend, mit hierher.
In während ich ihn deutend, als der Finsternifs
Gehörig, und sein Wesen doch so schön erschau'nd,
Mir bang den holden Reiz gestand der Nachgeburt,
Und nicht mein Wesen konnte fassen, wenn es mich
Zog, wie auf Himmelsweise, zu dem Holden hin.
Doch nun ich heim vom langen Zuge bin gekehrt,
Erkenn ich, wie des Morgens lichter Stern es war,
Der einst zum Heiland hohe Weisen schon geführt.
Und da ich Halef, seinen Schein dir innen ruh'nd
So tief, dafs ich ihn wieder find' aus jeder Nacht
Heraus, nunmehr mit meiner Seele hab erkannt,

Von dem Erkannten aber reden muſs der Mund,
So will ich dich mit Worten, welche du aus mir
Zu lang entbehrt hast, nun umarmen, und damit
Dein eignes Wesen führen dir nun wieder zu.

Halef.

So komme du viel Theurer, denn ich harre dein.

Der Graf.

Und ich den Gürtel nehme dir, wie das Gewand
Vom Leibe weg, auf daſs du siehst den himlischen!
Denn himmlisch erst gewiesen, blüht er himmlisch dir.
Ein sel'ger Spiegel seiner wonnereichen Flur
Des Morgenlands, das früh erfahren Gottes Huld.
Drum auch ist dort nicht Erde, noch die Erde mehr,

Nein, ein von seinem Wesen süſs beseelter
Leib.
Voll Kraft, statt wuchernden Gesträuches,
Blumen, die
Im Blumenreiche Bilder sel'ger Engel sind,
Zur Wonne nachtbefangner Menschen aus-
zublühn,
Von Gottes unsichtbarem Waldhornklang
geweckt.
Tönt dieses nun dem Menschen, dessen Leib
bereits
Der lieblichen Verschönung höchste Blüt'
erreicht,
Wird der bei Leibern suchen noch das
Schönre woll'n,
Und ausblühn einen schönern, der nicht
möglich ist.
Wird ihm des Waldhorns Klingen nicht die
Stimme seyn,
Errufend einen himmlischen Bewohner für
Den an der lichten Himmelsmark schon steh'n-
den Leib,
Der selig dann, wenn jener seinen Einzug
hält,
Und er ihn in sich hegend durch die Erde
zieht.
Wie nun in schlechter Dinge Spiegel sich
der Geist

Kann offenbaren, ist es mir geschehn mit dir;
Denn, weil ich wahren Eifers voll ins Morgenland
Fromm bin gezogen, hat es mir vergönnt der Herr,
Daſs ich dich als ein Abbild seines Wesens, wie's
Da lieblich reuchet, wo's erblüht am herrlichsten
In mein geliebtes Deutschland habe führen soll'n.

6) Ein jeder uusrer mystischen Dichter sucht etwas, das er nicht finden kann, und worüber er sich zergrämt, bis das Honorar vom Buchhändler einläuft, als Symbol des Höheren, Unbekannten. In ältern Zeiten suchten viele einen kostbaren Stein, den die Kröte in ihrem Kopfe verwahren soll; die Neuern laufen nach dem Karfunkel umher, worauf sie vermuthlich gekommen sind durch das Geheimniſsvolle in dem Sprüchworte: Es glänzt wie der Karfunkelstein vor dem Ofenloch. Auffallend ists, das keiner durch das Lesen des romantischen Ariosts auf den so natürlichen Einfall geräth, das

ihm abhanden gekommene, wohlbekannte Fläschgen im Monde zu suchen.

7) Das Wasser ist eine nasse Flamme, sagt Novalis.

Es wird übrigens dem geneigten Leser nicht entgehen, dass dieses Nachspiel der erste Versuch eines dramatischen Gedichts in Sonetten ist. Zwar kommen schon in dem Trauerspiel Egidio im Dichtergarten einzelne Klinggedichte vor, und der Herausgeber der Comödia divina kann nicht leugnen, daſs der Verfasser jenes sinnige Product genialer Weiblichkeit bei seiner Komposition vor Augen gehabt habe, allein ihm gebührt doch ob der zum erstenmahle versuchten Totalität der Form, in welcher das Ganze, wie ein dahinsterbender Klang, geistermäſsig verflieſst, und das Gemüth zu wunderbarer Ahnung erregt, der schönste Karfunkelstein oder ein Exemplar des Dichtergartens als Preis.

DES DICHTERS

KÜCHENGARTEN.

DER GARTEN.

Viel Blümlein sich im Gärtlein mir erschliessen,
Und strebt ihr Leben tief in mich hinein,
Dazwischen Scherblein von Karfunkelstein,
Dass mir das Herz vor Sehnsucht will zerfliessen;

Und sich einander Kohl und Erbsen grüssen,
Und beten still im goldnen Abendschein,
Und Englein schlüpfen aus des Himmels Schrein,
Und Knoblauch, Rettich, alles will entspriessen.

Geheimnissvoll umarmen sich die Reben,
Und ihre Thränlein deuten Lieb und Lust,
Des Feldes Düfte lieblich musiciren:

Ein jedes Leben strebet in das Leben,
Zum Wunderklang wird jeder Hauch der Brust,
Und jeder Klang zum Tempel will gefrieren.

DARINEL.

Des Schäfers Loos muſs ich dem Thau vergleichen,
Der schweift wie duft'ger Geist still durch die Nächte.
Ihn nähren Träume süſser Zaubermächte
Mit goldnem Aether, den sie gern ihm reichen.

Und wenn dem Licht die nächt'gen Bande weichen,
Blinkt er als Perl, und senkt in die Geschlechte
Der Blumen sich, auf daſs ihn dort umflechte
Der Strahlenglanz, die früh zu ihnen schleichen.

Der Schäfer, so von Träumen süſs genähret,
Bei Nachtzeit darf, sobald der Tag beginnet,
Sich in das Thal wie Thau in Blumen tauchen.

Da mag er dann an holder Erde hauchen,
Bis Lieb' auf ihn in Sonnenstrahlen rinnet,
Ihr Gold ihm mittheilt, und ihn süſs verzehret.

Vom Verf. des Lacrimas.

Des Dichters Loos muſs ich dem Thau vergleichen,
Der schweift als nasse Flamme durch die Nächte,
Ihn nähren Träume hoher Zaubermächte
Mit Waldhornklängen, die sie gern ihm reichen.

Und wenn dem Licht die nächt'gen Bande weichen,
Blinkt er als Perl, und senkt in die Geschlechte
Der Blumen sich, auf daſs ihn dort umflechte
Der Strahlen Glanz, die früh zu ihnen schleichen.

Der Dichter so, vom Wahnsinn süſs genähret,
Bei Nachtzeit darf, sobald sich Tag verbreitet,
Sich in das Lied, wie Thau in Blumen tauchen.

Da mag er denn an holder Erde hauchen,
Bis Lieb auf ihm in Sonnenstrahlen reitet,
Ihr Gold ihm reicht, und es sammt ihm verzehret.

DARINEL.

Ich sah so herrlich durch die Zweige leuchten
Den Jägerjüngling, daſs ich seiner Wunden
Vergaſs, den Jugendschmuck, den ich gefunden
Nur fühlend, und vor ihm die Kniee sich beugten.
O Strahlen! diesen Thalen euer Leuchten
Hat wunderbar des Schäfers Sinn gebunden,
Weilt darum hier recht viel und lange Stunden,
Um glänzender mein Auge noch zu feuchten.
Ach, Gründe, wenn ihr, was in euren Dichten
Sich heut gezeigt, mir könntet fest erhalten!
Euch ists ja Schmuck, was mir, kann ich nicht sagen.
Denn mich wehts an, wie Leid so nicht zu tragen,
Wenn ich bedenk, es wird nicht immer walten
Des Jägers Schönheit hier bei schatt'gen Fichten.

Vom Verf. des Lacrimas.

CALDERONE.

Ein Zaubergarten liegt im Meeresgrunde,
Kein Garten, nein, aus künstlichen Krystallen
Ein Wunderschloſs, wo blitzend von Metallen
Die Bäumchen sprossen aus dem lichten Grunde.

Ein Meer, wo oben, seitwärts, in die Runde,
Farbige Flammenwogen uns umwallen,
Doch duftend, kühlend alle Sinne allen
Entrauben, süſs umspielend jede Wunde.

Nicht Zaubrer blos von diesen Seligkeiten,
Bezaubert selbst wohnet zum schönsten Lohne
Im eignen Garten selig selbst der Meister:

Drum sollen alle Feen auch bereiten
Des Dichterhimmels diamantne Krone,
Dir Calderone, Sonnenstrahl der Geister.

BUNTE STEINCHEN UND GLASSHERBEN AUS NOVALIS.

Das Weib ist das höchste sichtbare Nahrungsmittel, das den Uebergang vom Körper zur Seele macht.

Im Thierreiche ist die Natur am witzigsten, und durchaus humoristisch.

Die Denkorgane sind die Naturzeugungstheile.

Die Pflanzen sind die Mädchen, die Thiere die Jungens der Natur.

Schlaf ist Seelenverdauung; der Körper verdaut die Seele.

Es giebt vier Arten von Flammen; ihre Excremente sind: 1) unorganische Naturen; 2) Pflanzen; 3) Thiere; 4) Menschen.

Je lebhafter das zu Fressende widersteht, desto lebhafter wird die Flamme des Genusses seyn. Das Weib ist unser Oxygen.

Alles ist von selbst ewig. Die Sterblichkeit und Wandelbarkeit ist ein Vorzug höherer Naturen. Ewigkeit ist ein Zeichen geistloser Wesen.

Liebe ist durchaus Krankheit.

Inoculation des Todes wird künftig nicht fehlen.

Die Seele ist unter allen Giften das stärkste.

Das Leben der Götter ist Mathematik.

Wohllust, Religion und Grausamkeit sind innig verwandt, und haben eine gemeinschaftliche Tendenz.

Tugend ist Prosa und Unschuld Poesie.

Sünde ist der gröfste Reiz für die Liebe der Gottheit. Unbedingte Vereinigung mit der Gottheit ist Zweck der Sünde und der Liebe.

CHOR AUS DER NIOBE.

Was kennt ihr von der süfsen Kraft Jungfrauen wohl,
Den Frau'n, des Leibes Hochzeitbett umblühend erst?

Zwar war auch der Mädchenschmuck ein
hold Geschenk,
Den Jüngling anzieh'nd, Durst jedoch erregt
er nur!
Tief ins Thal ihn trieb er frei; mir aber
ward
Hartzwingende Zier, scheu zu entflieh'n,
Sproſste sein Blick in Lust auf.
Trugwahn ists nur, uns gebe der blüh'nde
Schmuck
Wonn', und sei's der Stund' im Duft wohl.
Nein, ein bedrängender Schmerz geht dann
von ihr
Sehnsücht'gen Weh's, Anhauch nach dir,
Der Segen der Frucht ins Blüh'n legt.
Weht er erst ins Innre durstend nach ihr
O! so umquillts gleich Bienenkost
Allstets das Herz, süſs fühlt sich der Frucht-
Keim, hold schon ists ihn ernähren im
Schooſs,
Aber höchst hold sehen ihn schwell'n.

KLATSCHROSEN

AUS DER NIOBE.

Laſst den seligen Garten nicht ausdürr'n,
Süſs von den Bächen durchrieselt, womit
Hoffende Jungfrau'n errötheudes Antlitz
Hochansteigender Waldstämme Schönheit,
Wohllustbring'ndes Quell'n aus dem Busen!
Wässert und nährt die sich opfernde Mutter.
Sie nur stirbt nie, sondern sie pflanzt sich
Fort im neuen Geschlecht, steht blutvoll
Ihr erst der Garten, und weht frucht-
Weckend an, was sich gern nach ihr hin-
beugt.

Entsagen sich der Menschenzeugung kön-
nen die
Olympier nur, weil sie nicht Gleiches ihnen
giebt,
Wie mir, und doch vermögen sie des Wei-
bes Bett

Nicht zu entbehren, da erliegend, wo aufs neu
Der Schönheit Gürtel hold den Schoofs der Jungfrau deckt,
Gern in des süfsen Bades Fesseln gehend ein.

Wie nun die Feldstallung nicht süfsre Früchte kennt,
Als die am Herzen unterm grünen Kleid gepflegt,
So auch die Frau, die gern am theuren Webestuhl
Der Lieb, im Stammsprofs sichtbar macht, was sie beglückt,
Zur Lust der Augen, was erst Lust der Glieder war.

TROST.

Wer tief gebückt im Staube
Mit mattem Angesicht

Umsonst der Hoffnung Traube
Sucht in dem Dämmerlicht;
Wem also weh geschicht,
Wächset aus dunkelm Laube
Der Himmel süſse Glaube,
Ein Blumenkelch, zur Ewigkeit gericht.

Aus dem Dichtergarten.

SONNET.

Wenn Blüten neu in goldner Frucht entstehen,
Gewinnt das starre Gold ein quellend Leben,
Es strömet glühend in des Weinstocks Reben.
Die es zu seinem Tempel ausersehen;

Aus ihrem Schooſse soll die Flamme wehen,
In der das Gold sich blähend will erheben,
Der Erde Fesseln freudig zu entstreben,
Läſst es des Himmels Tiefe in sich sehen.

Zerschmolzen in der heiſsen Glut der Liebe
Mag erst das Gold das heil'ge Recht erwerben,
Als Blüte einst das süſse Licht zu grüſsen:

Die Himmelsblume muſs aus Klüften sprieſsen,
Die Starrheit in sich selbst zerrinnend streben,
Damit der Erde nie der Geist verbliebe.

Aus dem Dichtergarten.

LIED.

NACH EINER STERNENMELODIE.

Sternlein funkeln,
Glimmern, schimmern,
Winken, sinken,

Säuseln, flüstern
In der düstern
Schwarzen Nacht,
Vöglein girren,
Flattern, schwirren,
Klingen, singen,
Dringen, schwingen,
Fliegen, heben
Sich empor.
Stille schweben
Blasse Schatten
Rings hervor.
Auf der Felder
Grünen Matten,
In der Wälder
Dunklem, stillen,
Hehren Kreise,
Durch der grauen
Umflorten Auen
Düstre Hüllen
Flüstern leise,
Leise, leiser
Gute Geister.
Ruhig kommen

Nachtumglommen
Auf den Wogen
Schifflein angezogen,
Durch die weiten
Blumenfelder,
Durch die Wälder
Sternumflossen
Auf dem breiten
Pfad, dem bekannten,
Zu fernen Landen
Die Genossen
Voll stiller Glossen
Muthig schreiten.

Des Stromes hellen
Klaren Wellen
Von Nacht umgossen
Itzt die Jungfrau,
Die unentschlossen
Auf der stillen
Nacht Verhüllen
Zitternd baut,
Verschämt die reinen,
Zarten, feinen

Glieder anvertraut.
Vöglein lauschet,
Stiller rauschet
Selbst die Flut,
Voll süſser Lust
Und sanfter Glut;
Furchtsam schwillet,
Frei vom Bande,
Unverhüllet
Aus dem Gewande
Die schwamm'ge Brust,
Schüchtern steiget
Aus dem Kleide,
Das ungern weichet,
Weich wie Seide
Der schlanke Leib,
Und die zarten
Lustgeparten
Vollen, runden
Hüften eilen
Nachtumwunden,
Granitsäulen,
In des blinden
Grauen Alten

Arm, dem kalten
Zu verschwinden.

F. Lassaulx.

SÜDDUFT.

Im Herzen wohnt ein unaufhörlich Sehnen,
Zu wogen in des Südens Farbentanze,
Berauscht im Blütenstaub der Pommeranze,
Hinwegzufliehn auf wohllustvollen Tönen.

Wo fern die dunkeln Meeresstrudel dröhnen,
Zu baden am Gestad im Abendglanze,
Mit einem selbst gezognen Lorbeerkranze
Die heiſse Stirn zu kühlen und zu krönen.

So ist in mir ein ewiges Erglühen
Nach einem Süd der Lieder und der Liebe,
Sanft badend in geheimniſsvollen Wogen.

Es klingt vor mir ein nah'nder Regenbogen,
Daſs ich nicht immer so entfernet bliebe,
Kann hin und her auf ihm der Bote
ziehen.

TODTENBLUMEN

AUS DER LUCINDE.

Unter den Gestalten und Situazionen der Freude ist eine die witzigste und schönste. Wenn wir (Herr Fr. Schlegel und seine fromme Lucinde) die Rollen vertauschen, und mit kindischer Lust wetteifern, wer den andern täuschender nachäffen kann, ob dir die schonende Heftigkeit des Mannes besser gelingt, oder mir die anziehende Hingebung des Weibes. Aber weiſst du wohl, daſs dieses süſse Spiel für mich noch ganz andre Reize hat, als seine eignen? Es ist auch nicht blos die Wohllust der Ermattung, oder das

Vorgefühl der Rache. Ich sehe hier eine wunderbare, sinnreich bedeutende Allegorie auf die Vollendung des Männlichen und Weiblichen zur vollen, ganzen Menschheit. Es liegt viel darin, und was darin liegt, steht gewiſs nicht so schnell auf, wie ich, wenn ich dir unterliege.

Es liegt tief in der Natur des Menschen, daſs er alles essen will, was er liebt, und jede neue Erscheinung unmittelbar zum Munde führt, um sie da, wo möglich, in ihre ersten Bestandtheile zu zergliedern. (Zum Beispiel die Wilden, von denen die ersten Europäer aufgefressen wurden.)

Die Zeit ist da, das innre Wesen der Gottheit kann offenbart und dargestellt werden. Im Herzen unschuldiger Frauen ruht das heilige Feuer der Wohllust. — — Man könnte alle Jünglinge eintheilen in solche, die das haben, was Diderot Empfindung des Fleisches nennt, und solche, die es nicht haben. Eine seltne Gabe! Auf dem gemeinen Wege kommt man nicht dahin.

In der That, man sollte das Studium des Müßsiggangs nicht so sträflich vernachlässigen, sondern es zur Kunst und Wissenschaft, ja zur Religion bilden! Um Alles in Eins zu fassen! je göttlicher ein Mensch ist, oder ein Werk des Menschen, je ähnlicher werden sie der Pflanze. Diese ist unter allen Formen der Natur die *sittlichste* und die schönste, und also wäre ja das *höchste*, *vollendetste* Leben nichts als *reines Vegetiren*.

Leichtfertige Gespräche müssen geistig, zierlich und *bescheiden* seyn, so viel als möglich, übrigens aber *ruchlos* genug, denn lassen *kann* und *darf* man sie doch *nicht*. Es wäre ja grob, mit einem reizenden Mädchen so zu reden, als ob sie ein geschlechtloses Amphibion wäre. Es ist *Pflicht* und *Schuldigkeit*, immer auf das anzuspielen, was sie ist und seyn wird. —

AN
FRIEDRICH SCHLEGEL.

Es fühlt der edle Baum ein heftig Brennen
Im saft'gen Mark und in der starken Rinde,
Er drängt, wie er sich aus dem Boden-
gründe,
Ins freie Blau dehnt er die grünen Sen-
nen *).

Dem Fernen muſs er seinen Trieb bekennen,
Daſs Edles sich zum Edlen liebend finde,
Die frischen Kronen gleiche Kraft verbinde,
Sich göttlich aus dem Staube loszutrennen.

Wenn das Gemeine Eitelkeit verkündet,
Lichtscheu Gewürm den hehren Adler
schmähet,
Der Welt, wer für sie ringt, verborgen
bliebe.

---

*) Ueber die eigne Sprache unsrer Roman-
tiker sehe man die Vorrede von Jean
Paul.

Ist eines nur, was sich zur Sonne drehet,
Und, wie die Welt sich sträubt, sie doch entzündet,
Flammender Geister Einigung und Liebe.

AN TIEK.

Allmächt'ger Drang der ersten, grofsen Triebe!
Musik erklingt in feierlichen Schlägen,
Wenn sich des Alls erneute Kräfte regen,
Der Erzbaum wächst im funkelnden Geschiebe,

Was Lenz empfindet, treibt wie es sich übe
In dieser Fuge mit sich zu bewegen,
Denn Zorn und Liebe ringen sich entgegen,
Die Fuge schliefst im Gloria der Liebe.

So glüh'nde Zeit ward nimmer noch gefunden,
Als jene Zeit der ersten Feuer-Reine,
Die euern Bund, ihr Herrlichen, gegründet:

Als Friedrich Schlegel Morgenroth entzündet,
Mit dir Novalis Abendroth entzunden,
Gestirne badeten im Purpurscheine.

Isidorus.

DITHYRAMBE.

Fasse mich, Sturm der Liebe,
Dafs ich entgegen, entgegen
Stürze dem Zug
Trunkener Thirsusschwinger!
Sey mir gegrüſst,
Lieblich grünender Stab,
Neues Zeichen der Gnade,
Thyrsus des Kreuzes,
Sey mir gegrüſst!
Frohlocken zieht vor dir her,
Himmlische Kühle
Rauscht der Epheu des Schmerzes
Und die Rebe der Lust.

Reicht mir den Becher!
Wie der Geist
Durch die Adern mir wüthet!
Wie er im Herzen dröhnt!
Wie er die Sinne mir löst!
Hochgelobt sey der Wein,
Köstlich jedem die Gabe! —
Jeder Busen werd' Asche
Unter den Gluten des Wahnsinns.
Göttlicher Wahnsinn,
Du allein
Fühlest des Todes Leben
Und des Lebens Tod,
Dir ward gepreſst
Der Trauben süſseste,
Löste vom Fleisch sich
Duftender Saft,
Löste die Welt sich
Im Blut.
Licht ward das Blut,
Die Sonnenüberschwemmung
Rollt jauchzend dahin.
Herrlich ist, der da kommt,
Der Sohn der Jungfrau!

Des Weines Geber,
Der nach Indien zog,
Ueberall pflanzte
Des Weinstocks laubige Frucht.
Wasche mich, Blut des Lammes,
Daſs ich rein,
Daſs ich werth sey zu wandeln
Mit im orgischen Zug,
Daſs ich schwinge den Thyrsus,
Daſs ich küsse das Kreuz,
Und pflanze des Weines
Segnendes Wunder
Unter den Völkern fort. ––
  Sein Blut geläutert
Zu Licht,
In der Sonnenflut
Schwimmt die Welt,
Brauset ihr Wogen,
Ihr Oceane durch einander,
Schlagt zusammen über der Welt
Sonnenüberschwemmung,
Ueber die hohen Gebirge weg,
In den Tiefen Sonne,
Im rauschenden Bacchanal

Untergehend die Welt,
Und fortgeschlagen auf der Sonnenwelle,
Aufgebrannt zu Gott,
Und der Geist Gottes
Webt auf den siedenden Wassern,
Sonne verzehrt den Sonnenstrom,
Und die Welt geht unter
In Gott.
  Rolle heran
Und berausche mich
Zuckender Strom!
Schlinge hinunter mich,
Dann hinauf, Gott an,
Mit dem schwindelnden Strahl,
Tödte mich, Wahnsinn!
Göttlicher Wahnsinn!
Gelobt sey das Kreuz
Und der da kommt, Jesus Christ!!

Isidorus.

RAIMUND.

Was werd ich einst noch in der Welt beginnen?
Cäcilia, die mit tausend, tausend Banden
All' meine Geister zu sich hingezogen,
Aus deren Augen Nächt' und Sonnen rinnen,
Vor der sich That und Muth verwandelt fanden,
In armes Seufzen ist mir ja entzogen!
Hülfreiche Stern' am hohen Himmelsbogen,
Mildthät'ge Kräfte, stillen Nächten eigen,
Dann Stürme, die der Wolken Felsen brechen,
Und laut in Lüften von dem Siege sprechen,
Gewalten, die dem Meer sich sieghaft zeigen,
Hab ich oft an mit Inbrunst flehen müssen,
Gerufen: Ach! laſst mich die Mittel sehen,
Nur einen Strahl im Aug' ihr zu erregen,

Der für mich scheint, dafs meine Seel ihn
habe,
Zum ruh'gen Grabe sich hineinzulegen.

Vom Verf. des Lacrimas.

LEUCADIO.

In die, den Winterschlaf erharr'nde Erde
Streut jetzt der Ackrer seiner Hoffnung
Saaten,
Und mir, den unbeschenkt mit holden
Mathen
Der Herbst liefs, sät er überall Be-
schwerde.

Dafs ich gequält nicht von Erinnrung werde
Des vielen süfsen, welches an mir thaten
Der Sommer und das falsche Huld-Errathen
In mir sie nicht verkündender Gebehrde.

Wollt ich den nicht vergrünten Wiesen, denen
Unabgeerndtet stehn die Angedenken
Der wahngebohrnen Liebe heut entgehen

Im blätterlosen Wald, und konnt ich wähnen,
Mich würd' es hier in solche Wehmuth senken,
Fernher durch dürre Zweig' ihr Haus zu sehen?

Von demselben.

AN ROTTMANNER.

Edler Kräftling, Heil dem frommen Muth,
Der das schnöde Lutherthum versöhnet
Und den Schatten Hildebrands versöhnet,
Ach, mit Dinte, nicht mit Sachsenblut!

Schüre christlich die romant'sche Wuth,
Horch, wie schon der Bauch der Erde dröhnet,

Und die Höll', in Assonanzen stöhnet,
Lechzend nach der neuen Heidenbrut.

In die Rechte nimm des Dreschers Flegel,
Mit der Linken schwing den Rosenkranz,
Und beginne keck den Heldentanz!

Sprich das Credo nach von Friedrich Schlegel,
Und Apoll wird scheu mit Luther flieh'n,
Und Lucinde keusch ins Bett dich zieh'n.

IM WALDE.

Windes Rauschen, Gottes Flügel,
Tief in dunkler Waldesnacht,
Freigegeben alle Zügel
Schwingt sich des Gedankens Macht.
Hört in Lüften ohne Grausen
Den Gesang der Geister brausen.

Drang des Lebens aus der Hülle,
Kampf der starken Triebe wild,

Wird zur schönsten Liebesfülle
Durh des Geistes Hauch gestillt.
Schöpferischer Lüfte Wehen
Fühlt man dürch die Seele gehen.

Ewigs Rauschen sanfter Quellen
Zaubert Blumen aus dem Schmerz,
Trauer doch in leisen Wellen
Schlägt uns lockend an das Herz;
Fernabhin der Geist gezogen,
Die uns locken durch die Wogen.

Herrlich ist der Flamme Leuchten
In des Morgenglanzes Roth,
Oder die das Feld befeuchten,
Blitze, schwanger mit dem Tod,
Rasch die Flamme zuckt und lodert,
Wie zu Gott hinaufgefordert.

Windes Rauschen, Gottes Flügel,
Tief in kühler Waldesnacht,
Wie der Held in Rosses Bügel
Schwingt sich des Gedankens Macht.
Wie die alten Tannen sausen
Hört man Geisteswogen brausen.

ENTSAGUNG.

Noch hatt' ich kaum entsagt dem niedern
Streben,
Ruft blinder Wahn mich schon zu neuen
Kriegen,
Aufs Neu in enge Fesseln mich zu schmiegen
Soll ich nicht auf zu lichten Räumen schweben.

Doch schwur ich Haſs dem engbeschränkten
Leben,
Ich trachte nicht im Knabenspiel zu siegen,
In schönern Fesseln wünscht der Geist zu
liegen,
Der Dichtung holden Armen hingegeben.

Wohl kann das Volk den hehren Trieb
nicht fassen,
Es hält für Flucht den Flug nach höhern
Welten,
Und wähnt Verrath den Rath der bessern Seele:

Doch acht ich klein der rohen Menge
Schelten;
Treibt euch herum im Sturm von Lieb und
Hassen,
Indeſs ich mich der Himmelsbraut vermähle.

Karl Rottmanner.

ANTWORT.

Entsage doch einmahl dem tollen Streben,
Ein Schilfrohr taugt nicht, Riesen zu bekriegen,
Beschränkte Kraft muſs sich bescheiden schmiegen,
Zaunköniglein kann nie zur Sonne schweben.

Der Freuden hat auch ein beschränktes Leben,
Kannst am Neujahr als Bohnenkönig siegen,
Und mit den Gästen an der Erde liegen,
Der menschlichen Begeistrung hingegeben.

So etwas kann das Volk noch immer fassen.
Der Böse lockt dich mit Besitz von Welten,
Und lüstet nur nach deiner armen Seele!

Nicht immer sinnlos ist des Volkes Schelten,
Und seine laute Lache ist kein Hassen,
Wenns sieht, daſs sich die Windsbraut dir vermähle.

Sirius.

AN CALDERON.

In deiner Dichtung Labyrinth versunken,
Wo in des ew'gen Frühlings Jugendflore
Die Schönheit Himmel wird, die Lieb' Aurore,
Und alle Blumen lichte Sternenfunken,

O Calderon! Du hier schon Gottheit trunken,
Herold der Wonne, Cherub nun im Chore,
Sey dir mein Gruſs gesandt zum sel'gen Ohre,
Und hohes Heil und Gloria *) zugetrunken.

Doch welcher Trank mag dazu würdig dienen,
Von allem, was umarmt von brünstgen Sonnen
Aus Trauben ihres Busens träuft die Erde?

Nur jene Reb' an Vesuvs Flammenbronnen,
Entsproſst, daſs sie in flieſsenden Rubinen
Lacrima Christi, frommer Nectar werde.

A. W. Schlegel.

---

*) Gloria heiſst in einigen Gegenden Deutschlands ein Gemisch von Kaffe und Branntwein.

AN DEN PARODISTEN
DES VORSTEHENDEN GEDICHTS. *)

Wie bist du doch in Tollheit tief versunken!
Du sitzest da im schönen Frühlingsflore,
Und schimpfest christlich fromm, wie ein Hallore
Und faules Holz nimmst du für Sternenfunken.

In Nüchternheit stellst du vorm Volk dich trunken,
Und schreiest mit dem Sumpfgeschlecht im Chore,
Das Grauthier trinkt mit seinem langen Ohre
Die Töne, und wird gleichfalls wahnbetrunken.

Was könnte dir statt Musenbornes dienen?
Nichts dessen, was umarmt von brünst'gen Sonnen
Aus ihrem keuschen Buseu träuft die Erde!

Nur jener Trank aus einem Feuerbronnen,
Der auf der Nas' erglänzet in Rubinen,
Fusel ist werth, daſs er dir Nektar werde!

---

*) In Karl Rottmanners Frühlingsblumen.

MOHNKÖPFE.

Dem Mann giebt in seiner Liebe das Weib den Stoff, in den er seine Form hinüber trägt; dem Weibe giebt der Mann die Form, an der es den eignen Stoff zur Gestalt erhebt. Das ins Unendliche sich Verbreitende verfliefst mit dem ins Unendliche sich Zusammendrängenden zur schönen Endlichkeit.

In Irritation der entsprechenden Organe ergiefst sich unmittelbar beim Manne der Affect; die geregte Muskelkraft strebt nach aufsen hin, und sucht den Gegenstand, in dem sie plastisch sich beweisen könne.

Unter eine Zweiheit müssen die Gegensätze (Mann und Weib) sich vertheilen, und diese Zweiheit in sich gesondert darzustellen, ists, wohin das Streben in der Zeugung geht. Im Momente einer neuen Zeugung, in dem die Gezeugten in einander sich verlieren, ist der Moment der höchsten Einheit in der Entzweiung, und in diesem Augenblicke nur ist das Ideal der ersten Zeugung dargestellt.

Wenn bei der Zeugung der Moment der Empfängniſs in die Aktion des Mannes und die Passion des Weibes fällt, ist das Erzeugte ein männliches Individuum; wenn hingegen der Augenblick der Konzeption auf die Reaction des Weibes und die Passion des Mannes trifft, so wird ein weibliches Individuum. *)

Die Kunst des Gemeinzefühls muſs sich am Lebendigen, als ihrem Stoffe, wirksam zeigen, sie ist also die productive in der Zeugung, und der Geschlechtstrieb der Beruf zu ihr.

Aus den Aphorismen über die Kunst.

---

*) Die Entdeckung ist goldeswerth, und die Damen werden daraus einsehen lernen, wie wichtig das Studium der Aesthetik auch für sie sey.

AN TH.

Von deinen Lippen möcht' ich Wonne
trinken,
Durchglühet von dem Purpur deiner Wangen,
Ach! bald dann würd' ich stillen mein Verlangen,
Dir an den Busen, ewig dein! hinsinken.

Es lacht mir deiner Augen freundlich
Winken,
In Muth und Hoffnung löst sich auf das
Bangen:
Von deinen Lilienarmen zart umfangen
Mag alles um mich her in Nichts versinken.

Ich lebe nur in dir, nur dich empfindend;
Der süfse Liebesrausch umstrickt die Sinne.
Das Eines nur sie schauen, hören fühlen.

Und nichts vermag des Herzens Glut zu
kühlen,
Denn ewig neu erzeuget sich die Minne,
Die Riesenkraft der Zeit selbst überwindend.

A. (in Asts Journal.)

TH. AN A.

Von Mädchenlippen willst du heidnisch trinken?
Dich reizet ein vergänglich Roth der Wangen,
Nach meinen Brüsten strebet dein Verlangen,
Dir wäre besser, in den Koth zu sinken.

Sieh, wie die Teufel mit Preſsbengeln winken,
Ergreift dich nicht ein heimlich Graun und Bangen?
Sonst wolltest du nur Göttliches umfangen,
Jetzt seh ich dich in Fleischeslust versinken.

Ich warne dich, dein Loos gar tief empfindend,
Dem Urhahn gleich umnebelt's deine Sinne,
Daſs sie nicht hören, sehen, schmecken, fühlen.

Laſs sich im Schnee die Glut der Plastik kühlen,
Und juckts dich wieder nach dem Spiel der Minne,
So — werde klug, dich selber überwindend.

AN DEN BÄRENHÄUTER.

O Bärenhäuter auf der Bärenhaut
Wie magst du wohl genug dein Schicksal preisen!
Sing klingend fort in nie gehörten Weisen,
Dir ward ein groſs Geheimniſs anvertraut.
Wer hat, wie du, der Menschen Thun erschaut?
Zwar will darob nicht jeder Mund dich preisen,
Doch laſs den Teufel selbst den Zahn dir weisen,
Du bist und bleibest von dir selbst erbaut.
Schreib ruhig fort auf deinem Bärenfell,
Mag auch der Mann dir kühn Verachtung bieten,
Frau Tyche zieht für dich noch keine Nieten
Und du bleibst doch ein wackerer Gesell.
Die warme Haut wird manches Wichtlein loben,
Auch ist ja die Halsordnung aufgehoben.

Sirius.

VARIANTEN.

Im lieblichsten Garten hat das Völklein der Insecten immer am ausgelassensten sein Spiel. Auch meine schönen Kohlstauden, Rettige, Mohnköpfe, und wie die nahrhaften Gottesgeschöpfe sonst heißen, sind von den winzigen, romantischen Dingerchen nicht unberührt geblieben, oder mit andern Worten, der Sinn einiger der trefflichsten Stellen ist nach allen Dimensionen durch Druckfehler entstellt worden. Ich kann, weil ich in der Zeit sehr befangen bin, nur die wichtigsten derselben hier anzeigen.

Seite 100. Vers 5. steht — Nachgeburt für Nachtgeburt. Nun ist zwar nicht zu leugnen, daß eine Nachtgeburt auch eine Nachgeburt, so wie eine Nachgeburt eine Nachtgeburt seyn könne, weil es aber doch bei einigen Leserinnen, die sich an das Gangbare halten, zu Mißverständnissen und Anfragen Veranlassung geben könnte, so will ich es lieber hier bemerken.

Seite 122. Vers 11. ist es um nichts besser; eine Schwanenbrust ist da zur schwammigten Brust geworden. Es wäre mir Leid, wenn die Damen deswegen von meinem Geschmacke eine schlimme Meinung fassen sollten. Der Irrthum liegt eigentlich an meinem Kopisten, nämlich an meiner rechten Hand, denn ich selbst weiſs schwammigtes Brot und eine schwammigte Brust recht gut zu unterscheiden.

Seite 115. Vers 11. ists der Stunde im Duft wohl. Im Orig. steht Staude. Vielleicht gefällt aber die Lesart des Setzers einigen Lesern besser. Ich habe überhaupt bei dieser Gelegenheit die Bemerkung gemacht, daſs ein ächtes und rechtes romantisches Poem durch Druckfehler nicht leicht etwas am Sinn verliere.

Seite 102. Vers 5. hat sich die Harfe in ein Waldhorn verwandelt. Ich vermuthe, hier sey der Feind des Nachts gekommen, und habe Unkraut gesät. Denn von den Posaunen und Harfen der Engel steht wohl in der Bibel und bei den Dichtern, aber daſs der Liebe Gott das Waldhorn blase, davon ist uns doch bis jetzt nichts zugekommen.

Seite 136. ist das ganze Gedicht ein Druckfehler. Der Herr Setzer, der sonst seinen Buchstaben zu fassen weiſs, hat es wahrscheinlich an einem Morgen nach einem blauen Montage und mich dadurch in einige Verlegenheit gesetzt. Wie christliche Setzer sonst von oben herab, so hat dieser von unten hinauf sein Werk begonnen und fortgeführt. Ich ersuche daher alle Leser meines Küchengartens nach Stand und Würden, den Waldhymnus nicht blos in der gewöhnlichen, sondern auch in der verkehrten Ordnung der

Strophen zu lesen, wie der Wandrer eine Landschaft nicht blos vorwärts, sondern auch rückwärt betrachtet. Uebrigens hat dieser närrische Zufall eine köstliche Entdeckung ans Licht gefördert. Man kann nämlich die göttlichen Lieder unsrer irdischen Sänger nach jeder Richtung lesen, auch damit anfangen und aufhören, wie man will, und man hat immer ein ganzes, organisch vollendetes Werk. Bei den alten Mahlern kommen dergleichen genialische Kunststücke auch schon vor. In Merians Todtentanz ist ein Blatt, welches das Bildnifs eines stattlichen Romantikers vorstellt, mit einem Knebelbart und einer schönen Halskrause; kehrt man das Bild um, so ists ein fletschender Todtenkopf, der seine Beschauer angrinzt, wie der Berichterstatter im Einsiedler.

'Εὰν τρισμυρίας
ἀλώπεκας τις συναγάγοι μιαν φύσιν,
ἀπαξάπασιν ὄψεται τρόπον θ' ἕνα.

PHILEMON.

Armin Schlechter

Göttliche und teuflische Komödien

Zwischen Mitte Juni und Anfang August 1808 erschien ohne Angabe von Druckort und Drucker die kleine Schrift ‚Comoedia divina mit drei Vorreden von Peter Hammer, Jean Paul und dem Herausgeber'. Die dritte der Vorreden, datiert *Basel am 1. Mai 1808*, zeichnete als angeblicher Herausgeber *W. G. H. Gotthardt*; das Datum ist sicherlich eine Anspielung auf die Walpurgisnacht[1]. Es handelt sich bei dieser Broschüre um eine Satire auf die literarische Romantik. Sie richtete sich am Neckar in erster Linie gegen Achim von Arnim, Clemens Brentano, Joseph Görres und Friedrich Creuzer. Der bisher einzige Nachdruck des Werks wurde 1907 von dem österreichischen Schriftsteller und Kritiker Franz Blei in der Reihe ‚Deutsche Litteratur-Pasquille' veröffentlicht[2].

1 Ulfert Ricklefs, Polemische Textproduktion. Bemerkungen zum Literaturstreit der Gruppe um Voss mit den Romantikern, in: 200 Jahre Heidelberger Romantik, hrsg. von Friedrich Strack, in: Heidelberger Jahrbücher 51 (2007), S. 343 Anm. 2.

2 Deutsche Litteratur-Pasquille, hrsg. von Franz Blei, Zweites Stück: Comoedia divina mit Drei Vorreden von Peter Hammer, Jean Paul und dem Herausgeber, Leipzig 1907.

Die Heidelberger Romantik[3] begann im Sommer 1804, als Brentano im August nach Heidelberg zog. Ende 1808 verließ als letzter des Freundeskreises Arnim die Neckarstadt wieder. Vom Wintersemester 1806/07 bis zum Herbst 1808 lehrte Görres für vier Semester an der Universität Heidelberg. Bereits 1804 war der klassische Philologe Creuzer als erster auswärtiger Professor an die nach dem Übergang der rechtsrheinischen Pfalz an Baden wiederbegründete Hochschule berufen worden. Zum Antagonisten dieses Kreises sollte sich der klassische Philologe und Schriftsteller Johann Heinrich Voß (1751-1826) entwickeln, der bis 1802 die Lateinschule in Eutin geleitet hatte und dann auf Einladung des badischen Großherzogs an den Neckar gezogen war.

Das Verhältnis zwischen den Romantikern und Voß war anfänglich trotz aller Wesensunterschiede recht gut. Dies änderte sich allerdings schlagartig, als Brentano im Juli 1806 ein Gegenangebot für das an der Plöck unweit der Peterskirche gelegene, turmartige Gebäude der alten Anatomie abgab, für das Voß bereits vor ihm Interesse signalisiert hatte[4]. Im Januar 1808 schrieb Arnim an

3 Armin Schlechter, Die Romantik in Heidelberg. Brentano, Arnim und Görres am Neckar. Mit einem Nachwort von Andreas Barth, Heidelberg 2007.

4 Clemens Brentano, Briefe, Bd. 3: 1803-1807, hrsg. von Lie-

den Freund in diesem Zusammenhang: *Der alte Voß hat sich den streitigen Thurm recht schön eingerichtet, seinen grimmen Zoren gegen Dich äussert er nicht, die Leute behaupten, er müsse bald überschnappen; ein Spas wäre wenn er in seinem Thurme so stolz würde, daß er endlich aufs Dach kletterte und finge an klassisch zu krähen. Es lies sich ganz gut mit ihm schwetzen …*[5].

Die sich ab 1806 entwickelnde Fehde zwischen den zwei Parteien lag jedoch nicht allein in Brentanos niederträchtigem Gegengebot begründet, sondern hatte tiefere Wurzeln. Voß sah in diesem Generationenkonflikt seine gesamten Werte von der Romantik bedroht. Sein Weltbild orientierte sich an der Literatur der klassischen Antike, dem Protestantismus, der rationalistischen Aufklärung und der philologisch soliden wissenschaftlichen Arbeit. Vor der Folie der idealisierten Antike verachtete er die Mittelalterbegeisterung der Romantik, und die altdeutsche Literatur war für ihn aus derselben Perspektive ebenso wertlos wie die stark spekulativ ausgerichteten wissenschaftlichen Arbeiten von Creuzer und Görres. Der Konflikt,

selotte Kinskofer, Stuttgart u. a. 1991 (Frankfurter Brentano-Ausgabe 31), Nr. 454.

5 Achim von Arnim/Clemens Brentano, Freundschaftsbriefe. Vollständige kritische Edition von Hartwig Schultz, Bd. 1-2, Frankfurt am Main 1998, hier Nr. 101.

der auch Züge eines Kulturkampfes trug[6], führte zu einer verheerenden Rezension von Voß über das Hauptwerk der Heidelberger Romantik, die Liedersammlung ‚Des Knaben Wunderhorn', die er im November 1808 veröffentlichte, und sollte letztlich erst mit seinem Tod 1826 sein Ende finden.

Eine besondere Feindschaft entwickelte der rationalistische Kreis um Voß zu Görres (Abb. 1), der 1776 in Koblenz geboren worden war und den Brentano dort schon früh kennengelernt hatte. Anfänglich von den Idealen der Französischen Revolution begeistert, zog sich Görres nach der Machtübernahme Napoleons ganz von der Politik zurück. Seine 1802 gedruckten ‚Aphorismen über die Kunst. Als Einleitung zu Aphorismen über Organomie, Physik, Psychologie und Anthropologie' markierten seine Hinwendung zu ganz verschiedenen geistes- und naturwissenschaftlichen Disziplinen, die er dann in Heidelberg an der Universität lehren sollte. Anstoß nahmen Voß und sein Kreis außer an dieser Schrift auch an seiner ‚Ankündigung philosophischer und physiologischer Vorlesungen im Winterhalbenjahre 1806-7', in denen er in ausufernden Metapherkaskaden das Verhältnis von Philosophie und Physiologie zu

6 Ricklefs, Textproduktion (wie Anm. 1), S. 344.

Abb. 1

umreißen suchte. Sie ist nur erhalten, weil sie der Romantikgegner und ‚Morgenblatt'-Redakteur Georg Reinbeck (1766-1849) in satirischer Absicht nachgedruckt hat[7]. Selbst Brentano warnte den Freund im November 1806 vor den zu erwartenden Missverständnissen: *Ihre Ankündigung hat viel Begeisterung, manche trefliche Stelle, aber ich glaube, sie ist zuviel für die Schüler, da sie genug ist für ihr eignes Herz, sie werden gewiß falsch beurtheilt, Gott gebe ihnen Muth und erkennende Freunde*[8].

Der Streit zwischen den beiden Lagern wurde ab 1807 in Zeitungen und Broschüren publizistisch und literarisch öffentlich ausgetragen. Zum Sprachrohr der Romantik-Gegner entwickelte sich das ‚Morgenblatt für gebildete Stände', das der Stuttgarter Verleger Johann Friedrich Cotta zum 1. Januar 1807 begründet hatte und dessen Schwerpunkte Kunst und Kultur waren. Als geistige Wurzeln des Redaktionskreises wären die Spätaufklärung, die Weimarer Klassik und die rationalistische protestantische Theologie der

7 Killy Literaturlexikon. Autoren und Werke des deutschsprachigen Kulturraumes, 2. Aufl., hrsg. von Wilhelm Kühlmann u. a., Bd. 1-9, Berlin/New York 2008-2010, hier Bd. 9, S. 511 f.; Georg Reinbeck, Heidelberg und seine Umgebungen im Sommer 1807 in Briefen, Tübingen 1808, S. 202-212.

8 Brentano, Briefe 3 (wie Anm. 4), Nr. 468.

Tübinger Schule zu nennen. Diese der Romantik diametral entgegen gesetzte Ausrichtung stand ganz in Einklang mit dem Weltbild von Voß, den das ‚Morgenblatt' folgerichtig überaus verehrte und der mit seinen Anhängern auch an dem Blatt mitwirkte. Im Laufe des Jahres 1807 verhielt sich das ‚Morgenblatt' allerdings noch vergleichsweise neutral und veröffentlichte Stimmen für und gegen die Romantik und ihre literarische Produktion.

Ein weiterer Wendepunkt in der Beziehung zwischen den Romantikern auf der einen sowie Voß und seinem Kreis auf der anderen Seite stellte die im März und April 1807 von Brentano und Görres gemeinsam verfasste Philistersatire ‚Uhrmacher BOGS' dar[9]. Anlass für das Werk war ein Konzert zweier Hornisten in Mannheim im März

9 Joseph Görres, Geistesgeschichtliche und literarische Schriften I (1803-1808), hrsg. von Günther Müller, Köln 1926 (Joseph Görres, Gesammelte Schriften 3), S. 139-166; Clemens Brentano/Joseph Görres, Entweder wunderbare Geschichte von BOGS dem Uhrmacher, wie er zwar das menschliche Leben längst verlassen, nun aber doch, nach vielen musikalischen Leiden zu Wasser und zu Lande, in die bürgerliche Schützengesellschaft aufgenommen zu werden Hoffnung hat, oder die über die Ufer der badischen Wochenschrift als Beilage ausgetretene Konzert-Anzeige. Nebst des Herrn BOGS wohlgetroffenem Bildnisse und einem medizinischen Gutachten über dessen Gehirnzustand. Mit einem Nachwort von Armin Schlechter, Heidelberg 2006.

dieses Jahres. In der ‚Badischen Wochenschrift', die Aloys Schreiber herausgab, Professor für Ästhetik in Heidelberg und mit einiger Sicherheit auch Verfasser der ‚Comoedia divina', erschienen im gleichen Monat zwei Anzeigen, in denen auf der Grundlage dieses Konzertes als *scherzhafte Beilage … einzeln gedruckt* der ‚Uhrmacher BOGS' angekündigt wurde. Kern der Satire, die auch Anspielungen auf das ‚Morgenblatt' enthält, ist ein rauschhaftes Musikerlebnis des Helden, des Uhrmachers BOGS. Görres schrieb über das Gemeinschaftswerk im April: *das Ganze ist gehörig toll, so daß verehrungswürdige Leute bei Ansicht des ersten Bogens geglaubt haben, ein Verrückter habe das Ding geschrieben* [10]. Auch in seinen Vorlesungen hatte Görres die Wirkungen der Musik bereits thematisiert. Am 11. März 1808 erschien im ‚Morgenblatt' ein fingiertes ‚Schreiben eines Studirenden auf der Universität [Heidelberg]', das sich vor allem gegen seine Lehrveranstaltungen richtete. Görres habe *über Musik verhandelt und uns gezeigt …, daß und wie im Waldhorn, und sogar im Posthorn, des erstern Ahnherrn, die Musik in ihrer Verklärung uns anspreche* [11]. Der

10 Joseph von Görres, Gesammelte Briefe, Bd. 1: Familienbriefe, hrsg. von Marie Görres, München 1858 (Joseph von Görres, Gesammelte Schriften 7), S. 489.

11 Morgenblatt für gebildete Stände, 11.3.1808, Nr. 61, S. 241 f.

Beitrag, den ein ‚Das Posthorn' betiteltes Sonett beschließt, geht auf Heinrich Salomo Michaelis (1768-1844) zurück, einen aus Neustrelitz stammenden Buchhändler, der mit Voß bekannt war und mit dessen Unterstützung ab 1807 versuchte, an der Universität Heidelberg eine Anstellung als Dozent und Sprachlehrer zu finden. Er war der Autor von etlichen Artikeln im ‚Morgenblatt', die sich massiv gegen die Heidelberger Romantik richteten[12]. Sicherlich spielte bei der Verwendung des Waldhornmotivs durch die Voß-Partei, das sich immer wieder auch in der ‚Comoedia divina' findet, der Buchtitel ‚Des Knaben Wunderhorn' eine Rolle. In den 1808 erschienenen ‚Blättern aus dem Reisebüchlein eines andächtigen Pilgers' des Heidelberger Romantik-Epigonen Otto Heinrich Graf von Loeben (s. unten) finden sich

12 Herbert Derwein (Levin), Die Heidelberger Romantik, München 1922, S. 71 f.; Joseph Görres (1776-1848). Leben und Werk im Urteil seiner Zeit (1776-1876), hrsg. von Heribert Raab, Paderborn u. a. 1985 (Joseph Görres, Gesammelte Schriften, Ergänzungsband 1), Nr. 49; Frida Höfle, Cottas Morgenblatt für gebildete Stände und seine Stellung zur Literatur und zur literarischen Kritik, Berlin 1937 (Diss. München 1933), S. 61 f.; Dieter Martin, Typographische Polemik. Zu Joseph Görres' Schriftproben von Peter Hammer, in: 200 Jahre Heidelberger Romantik, hrsg. von Friedrich Strack, in: Heidelberger Jahrbücher 51 (2007), S. 436 u. Anm. 34.

weiter zwei ‚Das Waldhorn' und ‚Das Posthorn' betitelte Gedichte; letzteres zeigt allerdings keinen Zusammenhang mit Michaelis gleichnamiger Dichtung[13]. Im September 1809 schrieb Justinus Kerner an Ludwig Uhland: *Der Uhrmacher Bogs ist ein von Brentano und Görres … zusammengesetzter trefflicher Wahnsinn. Voß glaubte, es sei ihm gemünzt, da er zwischen dem Bildniß des Uhremachers vor der Schrift und dem seinen einige Aehnlichkeit wollte gefunden haben. Weder Görres noch Brentano sollen aber dazumal an Voß gedacht haben. Es erschien schon anno 1807 und es soll der erste Zunder zur bekannten Fehde gewesen sein*[14].

Anfang 1808 wurden ohne Autornennung Görres' ‚Schriftproben von Peter Hammer' gedruckt[15]. Gemeint sind mit Schriftproben Broschüren von Druckereien, die verschiedene Druckschriften anhand von Mustertexten vorführen. Tatsächlich hatte Görres dieses Werk für den Heidelberger

13 [Otto Heinrich Graf von Loeben,] Blätter aus dem Reisebüchlein eines andächtigen Pilgers. Von Isidorus, Mannheim 1808, S. 29-32.

14 Ludwig Uhland, seine Freunde und Zeitgenossen. Erinnerungen von Karl Mayer, Bd. 1, Stuttgart 1867, S. 151.

15 Görres, Geistesgeschichtliche und literarische Schriften (wie Anm. 9), S. 337-362 (Faksimile, separat paginiert S 1-24); Höfle, Morgenblatt (wie Anm. 12), S. 56f.; Martin, Polemik (wie Anm. 12), S. 415-439.

Drucker Joseph Engelmann geschrieben, der es dann aber nicht verwenden wollte. Es erschien schließlich am gleichen Ort anonym bei dem Romantikverlag Mohr & Zimmer unter dem fingierten Verfassernamen Peter Hammer, der seit dem 17. Jahrhundert überwiegend zusammen mit dem Druckort Köln verwendet wurde, wenn Autoren die Nennung ihres richtigen Namens zu gefährlich war[16]. Görres' ,Schriftproben' sind eine Kaskade von Mythen und Bildern in überbordender Sprache in der Tradition seiner Vorlesungsankündigung, mit der er, wie er 1831 im Nachruf auf Arnim rückblickend schrieb, seinem *Zorn über die damalige politische Niederträchtigkeit der Zeit Luft gemacht* habe[17]. Neben dem oberflächlichen Nützlichkeitsdenken der Zeit griff Görres auch Napoleon an. Das Werk beschließt ein *Tollgewordner Epilogus* in der Type *Nompareille* [Nonpareille], einer sehr kleinen Schrift: *O du wunderliche Welt, wärst du doch aus Lebkuchen gemacht und nicht aus Stein, ich mögte wissen,*

16 Karl Klaus Walther, Die deutschsprachige Verlagsproduktion von Pierre Marteau/Peter Hammer, Köln. Zur Geschichte eines fingierten Impressums, Leipzig 1983 (Beiheft zum Zentralblatt für Bibliothekswesen 93).

17 Joseph Görres, Geistesgeschichtliche und politische Schriften der Münchner Zeit (1828-1838), hrsg. von Ernst Deuerlein, Köln 1958 (Joseph Görres, Gesammelte Schriften 15), S. 302.

worauf sie am Ende doch stehen wollten, wenn sie dich ganz aufgefressen hätten … Ach Gott, nimm mir etwas Verstand, damit ich zu etwas nutz werde, ich bin recht müde geworden, ich wollt es wär' Schlafenszeit und Alles wär' vorbey. Arnim prophezeite Görres schon früh, dass Voß die Satire auf sich beziehen würde: *der tolle Epilog und die Tintenfische und die Tarantel und alles wäre auf ihn gesagt*[18]. Der spätere hannoveranische Generalschuldirektor Friedrich Kohlrausch, der Heidelberg im Mai 1808 besucht hatte, berichtete 1863 in seinen Lebenserinnerungen, dass Voß sich seinerzeit insbesondere über eine mit dem Satz *Alter, willst du denn ewig leben?* endende Passage geärgert habe[19]. Im ‚Morgenblatt' erschien Anfang Juli 1808, wohl schon nach dem Erscheinen der ‚Comoedia divina', eine ausführliche Rezension der ‚Schriftproben' aus der Feder von Michaelis[20]. Sie beginnt mit demselben Zitat von Jean Paul, das auch die zweite Vorrede der ‚Comoedia divina' einleitet. Das Werk sei, so der Rezensent, *eine der reichhaltigsten Quellen … für eine pragma-*

18 Görres, Familienbriefe (wie Anm. 10), S. 501.

19 Friedrich Kohlrausch, Erinnerungen aus meinem Leben, Hannover 1863, S. 103.

20 Morgenblatt für gebildete Stände, 4.-5.7.1808, Nr. 159 f., S. 633 f., 639 f.; Martin, Polemik (wie Anm. 12), S. 436 f. Anm. 34.

tische ... Geschichte des neuesten und göttlichsten Wahnsinnes in seinem Wesen und in seinem Wirken. Um die Geduld der Leser des ‚Morgenblatts' nicht auf die Probe zu stellen, werden lediglich *einige Stellen* glossierend wiedergegeben, da der Rezensent selbst nur mit *zweymonatlicher Anstrengung* die Lektüre der 24 Seiten umfassenden ‚Schriftproben' bewältigen konnte. Die Besprechung enthält weiter eine Invektive gegen *unsere Dutzend-Sonettendichter.* Sie richtete sich gegen die von den Romantikern verehrte und von den Klassizisten rigoros abgelehnte Liedform des Sonetts, die im 13. Jahrhundert in Italien entstanden ist und im deutschen Barock als *Klinggedicht* bezeichnet wurde. In Deutschland bemühte sich vor allem August Wilhelm von Schlegel um eine Erneuerung des Sonetts[21]. Hauptziel dieser Rezension war es, den als Verfasser der anonymen Schrift benannten Joseph Görres als akademischen Lehrer zu denunzieren und die Folgen aufzudecken, die *dergleichen quersinnige Mißgeburten auf die Bildung junger Studirenden* hätten. Die ‚Schrift-

21 Theodore Ziolkowski, Heidelberger Romantik. Mythos und Symbol, Heidelberg 2009, S. 151-154; Theodore Ziolkowski, August Böckh und die „Sonnettenschlacht bei Eichstädt", in: 200 Jahre Heidelberger Romantik, hrsg. von Friedrich Strack, in: Heidelberger Jahrbücher 51 (2007), S. 207-223.

proben' seien, so das Resümee, nach Aussage eines *würdigen Gelehrten und Staatsmannes*, der dem *Schwindelgeiste in unserer neuesten Literatur mit beyspielloser Thätigkeit entgegenarbeitet …, ein literarisches Mond-Kalb*. Wahrscheinlich ist damit der badische Staatsbeamte und Herausgeber der romantikfeindlichen Zeitschrift ‚Jason' gemeint, Christian Ernst Graf von Bentzel-Sternau (1767-1849)[22].

Das letzte große Werk der Heidelberger Romantik war die von April bis August 1808 produzierte, rein literarische ‚Zeitung für Einsiedler', deren Gründung Brentano im November 1807 vorgeschlagen hatte, was dann in erster Linie von Arnim umgesetzt wurde. Dessen ‚Ankündigung der allgemeinsten Zeitung', die er dem Freund im Februar 1808 schickte, sollte dazu dienen, *die ganz ernsthaften Leute stutzig zu machen, die Argwöhnischen wegen geheimer Verbindungen in Verlegenheit zu setzen, die Aesthetiker aber zweifelhaft zu lassen zu welcher Schule wir uns bekennen*[23]. Angesichts der Konflikte in Heidelberg warnte Brentano ihn vor zuviel Satire: *Sei ja auf*

22 Killy Literaturlexikon (wie Anm. 7), Bd. 1, S. 450f.

23 Arnims Tröst Einsamkeit, hrsg. von Fridrich Pfaff, 2. Aufl., Freiburg im Breisgau 1890, S. 3-5; Zeitung für Einsiedler. In Gemeinschaft mit Clemens Brentano herausgegeben von Ludwig Achim von Arnim bei Mohr und Zimmer Hei-

der Hut in den ersten Stücken nichts zu witziges, oder überblühendes, Görresisches aufzunehmen, um die Leute nicht zu irren … zeigst du aber gleich dem Philister die ganze Bescheerunge, die blanke Schote, so flieht er[24]. Tatsächlich äußerte Voß im März 1808, die Zeitung könne *wohl einen stärkeren Verleger überwältigen: so gehaltreich ist sie an Sinkkraft*[25].

In der ,Zeitung für Einsiedler', die nach ihrem Ende in Buchform unter dem Titel ,Trösteinsamkeit' erschien, finden sich in erster Linie Werke aus dem Freundeskreis der Heidelberger Romantik sowie von den Brüdern Grimm. Neben kleineren und größeren Dichtungen von Arnim, Brentano und Görres liegt der Schwerpunkt bei deutschen Fassungen verschiedener älterer Novellen und Dichtungen vom Mittelalter bis zur Barockzeit. Die beiden ersten Nummern füllte ,Der freye Dichtergarten' Arnims, den ein *kranker König* verschlossen hält, gegen den sich seine Untertanen mit Erfolg auflehnen.

Arnim hatte von vornherein damit gerechnet, dass die ,Zeitung für Einsiedler' vom ,Morgenblatt',

delberg 1808. Mit einem Nachwort zur Neuausgabe von Hans Jessen, Stuttgart 1962, Anhang.

24 Arnim/Brentano, Freundschaftsbriefe (wie Anm. 5), Nr. 111.

25 Görres, Leben und Werk (wie Anm. 12), Nr. 50.

dem elendesten Spuck in der Literatur[26], angegriffen würde. Schon am 9. April äußerte er im Anschluss an einen Auszug aus Jean Pauls ‚Friedenspredigt an Deutschland' die Hoffnung, daß das *Oehlblat der Taube* seiner Zeitung *Frieden* bringen solle vor dem *Morgenblatte und andern Blättern, von denen sie angefochten worden, noch ehe ihre Zeit kommen. Zwar haben wir rechte Lust zum Fechten …, aber zum Kriege gehört ein Feind und wir können nicht dazu kommen uns zu waffnen vor Lachen, wenn unsre Gegner mit Proklamationen ausrücken, worin immer das Beste vergessen, was gegen uns gesagt werden konnte.* Tatsächlich hatte das ‚Morgenblatt' bereits am 7. März auf Arnims ‚Ankündigung' reagiert und einen Auszug aus dem *abenteuerlichen Prolog* abgedruckt; weitere Angriffe folgten in kurzen Abständen. Am 3. Mai erschien eine abschätzige Zusammenfassung der bisher veröffentlichten Nummern der ‚Zeitung für Einsiedler'. Der ‚Freye Dichtergarten' sei so zu interpretieren, dass die *moderne Poesie … der ältern den Hals gebrochen* habe, mithin die Romantik alle frühere Literatur, insbesondere die Klassik, gering achte[27].

26 Bettine und Arnim. Briefe der Freundschaft und Liebe, Bd. 1-2, hrsg., eingeführt u. komm. von Otto Betz u. Veronika Straub, Frankfurt am Main 1986-1987, Nr. A 31.

27 Morgenblatt für gebildete Stände, 7.3.1808, Nr. 57, S. 228; 3.5.1808, Nr. 106, S. 422.

Auch der Kampf um die Sonettform, der dann ebenfalls seinen Niederschlag in der ‚Comoedia divina' finden sollte, wurde zeitgleich weitergeführt. Von Voß erschien im ‚Morgenblatt' am 8. März 1808 ein Sonett an Goethe, mit dem er ihn von der Wertlosigkeit dieser Liedform, der *Unform alter Truvaduren*, überzeugen wollte [28]. Dieser äußerte sich zwar nicht öffentlich dazu, schrieb aber am 22. Juni 1808 an seinen Freund Carl Friedrich Zelter: *Wenn Ihnen das Voßische Sonett zuwider ist, so stimmen wir auch in diesem Punkte völlig überein. Wir haben schon in Deutschland mehrmals den Fall gehabt, daß sehr schöne Talente sich zuletzt in den Pedantismus verloren. Und diesem geht's nun auch so. Für lauter Prosodie ist ihm die Poesie ganz entschwunden. Und was soll es nun gar heißen, eine einzelne rhythmische Form, das Sonett z.B., mit Haß und Wuth zu verfolgen, da sie ja nur ein Gefäß ist, in das jeder von Gehalt hinein legen kann was er vermag. Wie lächerlich ist's, mein Sonett, in dem ich einiger*

28 Morgenblatt für gebildete Stände, 8.3.1808, Nr. 58, S. 229; Oscar Fambach, Der romantische Rückfall in der Kritik der Zeit. Die wesentlichen und die umstrittenen Rezensionen aus der periodischen Literatur von 1806 bis 1815, begleitet von den Stimmen der Umwelt. In Einzeldarstellungen, Berlin 1963 (Ein Jahrhundert deutscher Literaturkritik 5), S. 256.

maßen zu Ungunsten der Sonette gesprochen, immer wiederkäuen, aus einer ästhetischen Sache eine Parteisache zu machen und mich auch als Parteigesellen heranzuziehen, ohne zu bedenken, daß man recht gut über eine Sache spaßen und spotten kann, ohne sie deswegen zu verachten und zu verwerfen[29]. Aber auch die jüngere Romantik und insbesondere Görres' Werke fanden keineswegs Goethes Gefallen, wie er im Oktober 1810 ebenfalls Zelter mitteilte: *Deswegen bringen mich auch ein Halbdutzend jüngere poetische Talente zur Verzweiflung, die bei außerordentlichen Naturanlagen schwerlich viel machen werden was mich erfreuen kann … Arnim, Brentano und andere arbeiten und treibens immerfort; aber alles geht durchaus ins form- und charakterlose …* Besonders missfielen ihm die ‚Schriftproben': *Sehr schlimm ist es dabei, daß das humoristische, weil es keinen Halt und kein Gesetz in sich selbst hat, doch zuletzt früher oder später in Trübsinn und üble Laune ausartet, wie wir davon die schreck-*

29 Briefwechsel zwischen Goethe und Zelter in den Jahren 1799 bis 1832, hrsg. von Hans-Günter Ottenberg u.a., München/Wien 1991 (Johann Wolfgang Goethe, Sämtliche Werke nach Epochen seines Schaffens. Münchner Ausgabe 20.I), S. 183.

lichsten Beispiele an Jean Paul … und an Görres (Siehe dessen Schriftproben) erleben müssen[30].

Die ,Comoedia divina' und ihr Verfasser

Der Druck der Romantiksatire ,Comoedia divina'[31] ist zeitlich nach dem Erscheinen der ,Zeitung für Einsiedler' vom 15. Juni 1808 abgeschlossen worden, da sie noch auf die dort begonnene, von Brentano stammende ,Geschichte und Ursprung des ersten Barnhäuters' Bezug nimmt. Schon am 11. August 1808 wurde die ,Comoedia divina' im ,Morgenblatt' rezensiert, so dass das Werk zwischen Ende Juni und Anfang August erschienen sein muss; auf eine kurze Herstellungszeit deuten insbesondere auch die vielen *ungenaue*[n] *Zitate* hin[32]. Arnim bezeichnete in einem Brief an Goethe vom 29. September 1808 *das Vossische Haus mit seiner ganzen schreibseligen Anhängerschaft* als

30 Briefwechsel zwischen Goethe und Zelter (wie Anm. 29), S. 197 f.; Görres, Leben und Werk (wie Anm. 12), Nr. 66.

31 Bibliotheca Germanorum Erotica & Curiosa. Verzeichnis der gesamten deutschen erotischen Literatur mit Einschluß der Übersetzungen, nebst Beifügung der Originale, hrsg. von Hugo Hayn u. Alfred N. Gotendorf, 3. Aufl., Bd. 1, München 1912, S. 659 f.; Walther, Verlagsproduktion (wie Anm. 16), S. 142 Nr. 302.

32 Jakob Minor, Deutsche Literatur-Pasquille, in: Euphorion 15 (1908), S. 256.

Urheber des Werks[33]. Aussagen zum Autor finden sich auch an zwei Stellen des ‚Morgenblatts'. Im Oktober 1808 erschien im ‚Intelligenz-Blatt'[34] ein Angriff auf Görres vom *Verfasser der Comoedia divina*, der sich in der *Beylage* zur ‚Zeitung für Einsiedler' *gar jämmerlich* gegen diese Satire gebärdet habe (s. unten) und der selbst im *Epilog seines Karrnspiels*, den ‚Schriftproben', als *Hanswurst* auftauche. Der boshafterweise mit dem falschen Vornamen *Jakob* als Jakobiner denunzierte Görres, ein *sanscülottische*[r] *Burzelbaum*, verdächtige Voß zu Unrecht als Verfasser des Werks. Als *Nachtrag zur göttlichen Comödie* werde nächstens erscheinen *Die rothe Mütze an Peter Hammer, eine Heroide*, eine Anspielung auf Görres' erste, 1798 herausgegebene Publikation ‚Das rothe Blatt', die ihn noch als Anhänger der französischen Revolution zeigte.

Im Dezember 1808 erschien im ‚Morgenblatt' in der Rubrik ‚Korrespondenz-Nachrichten' ein anonymes ‚Schreiben eines Reisenden von Landshut über Heidelberg nach Frankfurt', das die Vertreter der Romantik in Landshut sowie die Hei-

33 Goethe und die Romantik. Briefe mit Erläuterungen, hrsg. von Carl Schüddekopf u. Oskar Walzel, Bd. 2, Weimar 1899 (Schriften der Goethe-Gesellschaft 14), S. 131.

34 Intelligenz-Blatt zum Morgenblatt für gebildete Stände, 1808, Nr. 21.

delberger Gelehrtenwelt glossierte und wiederum auf Michaelis zurückging[35]: *Auch den Verfasser der Comoedia divina mit drey Vorreden habe ich in Heidelberg kennen gelernt. Schon in Landshut erfuhr ich, daß derselbe weder Gotthard heiße, noch in Basel wohnhaft sey – sondern daß dieses Meisterwerk zu Heidelberg erschienen, und einen der achtbarsten Gelehrten daselbst zum Verfasser habe. Bey meiner Durchreise durch Heidelberg habe ich nun diese Nachricht bestätigt gefunden* … Berichtet wurde über Gerüchte, in Sachsen solle eine *neue Ausgabe von diesem genialen Producte der deutschen Poesie* veranstaltet werden. Aber der Herausgeber selbst plane eine *neue Bearbeitung seiner göttlichen Komödie*, die noch *reichlicher ausgestattet* werden solle. Besonders große Kenntnisse in *Kunst und Bibliographie* zeichneten diesen *würdigen Gelehrten und edeln Menschen* aus. Diese Bemerkung weist direkt auf Aloys Schreiber, den Voß am 17. Dezember 1808 aufgrund seiner *ausgebreiteten Kenntnis in allen Fächern der Litteraturgeschichte und Bücherkunde* Bentzel-Sternau als Direktor der Universitätsbibliothek empfahl[36].

35 Morgenblatt für gebildete Stände, 21.12.1808, Nr. 305, S. 1219 f.; Martin, Polemik (wie Anm. 12), S. 437 Anm. 34.

36 Franz Schneider, Beiträge zur Geschichte der Heidelberger Romantik, in: Neue Heidelberger Jahrbücher 18 (1914), S. 60, S. 93 Nr. 3.

Während in der älteren Literatur die Frage der Verfasserschaft Aloys Schreibers umstritten ist[37], kann sie heute als gesichert gelten. Aus einem Brief von Schreiber an Cotta vom 6. Januar 1810 geht hervor, dass dieser die *com. div., welche zu verlegen Sie früher abgelehnt hatten, nun übernehmen* wollte. Schreiber habe dies *einige Zeit vor den Herbstferien* über Michaelis erfahren, habe bereits mit einem Vorschuss auf das Manuskript gerechnet, aber der Verleger wolle das Werk nun *aus Delikatesse* nicht mehr produzieren[38]. Angesichts der Datierung des Schreibens handelt es sich wohl tatsächlich um eine zweite projektierte, nicht realisierte Auflage der ‚Comoedia divina'. Auch die zeitgenössische bibliographische Literatur nennt Schreiber als Verfasser dieses Werkes, so der von Julius Lampadius (Pseudonym für Ernst Julius Leichtlen) herausgegebene, 1812 erschienene ‚Almanach der Universität Heidelberg auf das Jahr 1813' sowie unabhängig davon eine 1815 in Karlsruhe veröffentlichte biobibliographische Schrift[39]. In beiden Fällen werden die

37 Pfaff, Tröst Einsamkeit (wie Anm. 23), S. LXVI f.; Blei, Comoedia divina (wie Anm. 2), S. 102 f.; Minor, Literatur-Pasquille (wie Anm. 32), S. 254 f.

38 Höfle, Morgenblatt (wie Anm. 12), S. 78 f.

39 Theodor Hartleben, Statistisches Gemälde der Residenzstadt Karlsruhe und ihrer Umgebungen, Karlsruhe 1815, Anhang

Werkverzeichnisse auf Angaben des Autors selbst zurückgehen. Auch im ‚Gelehrten Teutschland' von 1825 wird diese Zuschreibung wiederholt[40]. Dessen ungeachtet ist es trotzdem möglich, dass diese Satire auch Anteile anderer Personen aus dem Voß-Kreis enthält, am ehesten von Michaelis. Ähnlich erscheint bei der zweiten, gegen die Romantik gerichteten Persiflage, dem Ende 1809 gedruckten ‚Karfunkel oder Klingklingel-Almanach' (s. unten) der Dichter Jens Baggesen auf dem Titel als alleiniger Urheber, obwohl nachweislich verschiedene Personen an dem Werk mitgewirkt haben. Der tatsächliche Verfasser der ‚Comoedia divina' war zu dieser Zeit zumindest Brentano und Görres jedoch offensichtlich nicht bekannt. Dies teilte Justinus Kerner, den während seines Aufenthalts in Hamburg im Jahr 1809 der Arzt Nikolaus Heinrich Julius besucht hatte, ein Schüler Görres' aus der Heidelberger Zeit, Ludwig Uhland mit[41].

‚Litterärisches Karlsruhe', S. 73, dort als anonyme Schrift bezeichnet; Schneider, Beiträge (wie Anm. 36), S. 60f.

40 Das gelehrte Teutschland oder Lexikon der jetzt lebenden Teutschen Schriftsteller. Angefangen von Georg Christoph Hamberger, fortgesetzt von Johann Georg Meusel, Bd. 20, Lemgo 1825, S. 277.

41 Mayer, Uhland (wie Anm. 14), S. 144; Joseph von Görres, Gesammelte Briefe, Bd. 2: Freundesbriefe (Von 1802-1821), hrsg. von Franz Binder, München 1874 (Joseph von

Der 1761 im badischen Bühl geborene Aloys Wilhelm Schreiber[42] begann 1781 in Freiburg mit dem Studium der Theologie, schloss diese Ausbildung aber nicht ab und arbeitete ab 1784 am Gymnasium in Baden-Baden als Lehrer der Ästhetik und Bibliothekar. Ab 1788 wirkte er in Mainz als Kritiker, Theaterschriftsteller und Hofmeister. Während er die Französische Revolution anfänglich begrüßte, wandte er sich schon um 1793 wieder von ihr ab. 1797 übersiedelte er nach Rastatt, begleitete den Rastatter Kongreß publizistisch und lehrte dann erneut in Baden-Baden. Von 1805 bis 1813 wirkte er als Professor für Ästhetik und Geschichte an der Universität Heidelberg und gab von 1806 bis 1808 die ,Badische Wochenschrift

Görres, Gesammelte Schriften 8), S. 69-71.

42 Otto Biehler, Aloys Schreiber 1761-1841. Sein Leben und seine Werke, in: Zeitschrift für die Geschichte des Oberrheins 94 (1942), S. 598-675; Literaturlexikon. Autoren und Werke deutscher Sprache, hrsg. von Walther Killy u. a., Bd. 1-15, Gütersloh/München 1988-1993, hier Bd. 10, S. 394 f.; „weder Kosmopolit noch Spießbürger" – Der badische Dichter und Heidelberger Professor der Ästhetik Aloys Schreiber (1761-1841), hrsg. von Claudia Rink, Heidelberg u. a. 2006 (Archiv und Museum der Universität Heidelberg, Schriften 10); Hans-Martin Mumm, Aloys Schreiber (1761-1841). Der Romantiker in der „Partei Voß", in: 200 Jahre Heidelberger Romantik, hrsg. von Friedrich Strack, in: Heidelberger Jahrbücher 51 (2007), S. 389-413.

zur Belehrung und Unterhaltung für alle Stände' heraus, an der neben Voß auch Brentano mitarbeitete. In seiner Heidelberger Zeit war Schreiber vor allem mit Heinrich Voß (1779-1822)[43] eng befreundet, Sohn von Johann Heinrich Voß. 1809 erschien bei Mohr & Zimmer Schreibers ,Lehrbuch der Aesthetik'. 1813 ging er als Hofhistoriograph nach Karlsruhe. Der überaus produktive Schriftsteller, der 1841 in Baden-Baden starb, machte sich einen Namen insbesondere als Verfasser von Reiseschilderungen und Reisehandbüchern.

Der Verlag der ,Comoedia divina' lässt sich allerdings nicht mit Sicherheit feststellen. Verschiedene Exemplare des Werks mit erhaltener Originalbroschur zeigen auf der Innenseite Bücheranzeigen des Verlags Mohr & Zimmer[44].

43 Literaturlexikon (wie Anm. 42), Bd. 12, S. 62 f.

44 Blei, Comoedia divina (wie Anm. 2), S. 102; Minor, Literatur-Pasquille (wie Anm. 32), S. 252 f.; Schneider, Beiträge (wie Anm. 36), S. 61. Ein Exemplar der Bayerischen Staatsbibliothek München (Signatur: P.o.germ. 239 s) zeigt auf dem Vorderspiegel Anzeigen von Friedrich Schlegel, Von der (lies: Ueber die) Sprache und Weisheit der Indier, Heidelberg: Mohr & Zimmer 1808, Jean Paul, Friedens-Predigt an (das jetzige) Deutschland, Heidelberg: Mohr & Zimmer 1808 sowie Nr. 1-5 (1.-15. April 1808) der ,Zeitung für Einsiedler', auf dem Hinterspiegel Anzeigen für die ,Heidelbergischen Jahrbücher der Literatur' (http://www.mdz-nbn-resolving.de/urn/resolver.pl?urn=urn:nbn:de:bvb:12-bsb10106932-3).

Allerdings ist es kaum vorstellbar, dass Johann Georg Zimmer (1777-1853)[45], der mit Arnim und Brentano eng befreundet war, den Verlag dieses Werkes übernommen hat. Wahrscheinlich ist das Buch in der Druckerei von Joseph Engelmann entstanden, die für verschiedene Heidelberger Verlage arbeitete, auch für Mohr & Zimmer, und bei der Broschur handelt es sich um Makulatur[46]. Tatsächlich lässt sich in Heidelberg ein zweiter Fall nachweisen, bei dem sich die Voß-Partei offensichtlich über die Druckerei nicht für sie bestimmtes Material aneignete. Jean Paul hatte sich in einer Rezension von Friedrich Freiherrn de La Motte-Fouqués ‚Eginhard und Emma. Ein Schauspiel in drei Aufzügen' für die ‚Heidelbergischen Jahrbücher' in einer Anmerkung sehr positiv über Arnims 1811 erschienenes Werk ‚Halle und Jerusalem. Studentenspiel und Pilgerabentheuer' geäußert. Diese Besprechung gelangte vor ihrem Erscheinen an die Voß-Partei, worauf im ‚Morgenblatt' etwa zeitgleich mit der eigentlichen Rezension in den ‚Heidelbergischen Jahr-

45 Hessische Abgeordnete 1820-1933. Biographische Nachweise für die Landstände des Großherzogtums Hessen (2. Kammer) und den Landtag des Volksstaates Hessen, bearb. von Hans Georg Ruppel u. Birgit Groß, Darmstadt 1980 (Darmstädter Archivschriften 5), S. 279.

46 Schneider, Beiträge (wie Anm. 36), S. 61.

büchern‘ bereits die Entgegnung erschien. Der zuständige Redakteur dieses Blattes, der Historiker Friedrich Wilken, schrieb entsprechend an Jean Paul, dass einer der *schlechtesten Sturmwächter von dem hiesigen aesthetischen Wartthurm*, dem Wohnturm von Voß, *gar voreilig über Ihr Urtheil über Arnims Halle und Jerusalem Lärm geblasen* habe[47]. Im ‚Heidelberger Wochenblatt‘, das vom Mannheimer Verlag Schwan & Götz verlegt wurde, findet sich 1808 eine Bücheranzeige der ‚Comoedia divina‘ von der zum gleichen Verlag gehörenden Buchhandlung[48]; am ehesten ist das Werk dort erschienen und boshafterweise in Makulatur von Mohr & Zimmer eingebunden worden. Voß veröffentlichte 1809 ebenfalls bei Schwan & Götz, Zeichen seiner Entfremdung von Mohr & Zimmer, sein Werk ‚Ueber Götz und Ramler. Kritische Briefe‘.

47 Reinhold Steig, Zeugnisse zur Pflege der deutschen Litteratur in den Heidelberger Jahrbüchern, in: Neue Heidelberger Jahrbücher 11 (1901), S. 269 f. u. Anm. 1.
48 Heidelberger Wochenblatt, Heidelberg 1808, S. 126.

Der Inhalt der ‚Comoedia divina'

Die ‚Comoedia divina' bündelte die verschiedenen Angriffe auf die Romantik im ‚Morgenblatt' und machte sie literarisch fruchtbar. Teilweise werden in diesem Werk romantische Dichtungen unverändert abgedruckt, teilweise paraphrasiert und teilweise parodiert; an vielen Stellen ist auf die direkte oder persiflierte Vorlage in den Anmerkungen verwiesen. Der Haupttitel der ‚Comoedia divina' zeigt einen Zusammenhang mit der ‚Zeitung für Einsiedler' vom 28. Mai, die die Anekdoten ‚Dante mit dem Schmied, der die divina Comedia sang, und wie er den sperrbeinigen Reuter dem Richter empfahl' enthält. Beide Historien zum Leben von Dante Alighieri gehen auf den florentinischen Schriftsteller Franco Sacchetti zurück; Brentano besaß eine 1754 in Venedig gedruckte Ausgabe von dessen Novellen und ist der Autor der deutschen Fassung[49]. Dantes Versepos ‚La divina commedia', eines der wichtigsten Werke

49 Pfaff, Tröst Einsamkeit (wie Anm. 23), S. 172 Anm. 1; Clemens und Christian Brentanos Bibliotheken. Die Versteigerungskataloge von 1819 und 1853. Mit einem unveröffentlichten Brief Clemens Brentanos hrsg. von Bernhard Gajek, Heidelberg 1974 (Beihefte zum Euphorion 6), S. 102 Nr. 110; Otto Mallon, Brentano-Bibliographie (Clemens Brentano, 1778-1842), Berlin 1926, S. 43 Nr. 28.

der italienischen Literatur überhaupt, schildert eine allegorische Reise ihres Verfassers von der Hölle über das Fegefeuer zum Paradies. Ein direkter Zusammenhang zu Schreibers ‚Comoedia divina' ist, von der Vieldeutigkeit dieser Wendung abgesehen, nicht gegeben. Mit der Nennung von Peter Hammer auf dem Titel wird jedoch an hervorgehobener Stelle auf Görres' ‚Schriftproben' angespielt.

Die ‚Comoedia divina' besteht aus vier großen Blöcken. Den Anfang bilden fünf einleitende Texte, darunter die drei im Untertitel genannten Vorreden sowie eine ‚Erklärung des Titelkupfers'. Es folgen zwei Theaterstücke, ‚Die Leipziger Messe' sowie ‚Der Sündenfall' mit einem ‚Nachspiel'. Am Ende steht die Gedichtsammlung ‚Des Dichters Küchengarten'. Das auf dem Titelblatt zu findende Motto des Werkes *Inspicere tanquam in speculum et ex aliis sumere exemplum sibi* (Ich fordere euch auf, gleichsam wie in einen Spiegel zu schauen und euch an anderen ein Beispiel zu nehmen) ist ein verkürztes Zitat aus der Komödie ‚Adelphoe' von Publius Terentius Afer[50].

50 P. Terenti Afri Comoediae, hrsg. von Robert Kauer u. Wallace M. Lindsay, Oxford 1992, S. 295 V. 415f.

Am Anfang der kleineren Texte des ersten Blocks steht ein ‚Die Weihe' überschriebenes Gedicht (S. 1-6). Es handelt sich um eine Parodie der Ode IV,3 von Quintus Horatius Flaccus, die an Melpomene, Muse der tragischen Dichtung und des Trauergesangs, gerichtet ist, und unabhängig davon von Johann Heinrich Voß ins Deutsche übersetzt und erstmals 1806 bei Mohr & Zimmer veröffentlicht worden war (*Wen, Melpomene, Du einmal/ Sahst mit gütigem Aug', als er geboren ward:/ Nicht wird solchen der Isthmuskampf/ Durch Fausttugend erhöhn ... Aber Wellengeräusch fruchtbarer Tiburaun,/ Und dichtgrünender Haine Nacht,/ Wird äolischen Geist hoher Gesäng' ihm wehn* ...[51]). Im Gegensatz dazu ist es in der Parodie die *heilige Dunkelheit*, die dem romantischen Magier und seinem Hexenkessel das *Kellergewölb', da wo die Fledermaus/ Herbergt*, zuweist, letzteres eine Anspielung auf dcn ‚Uhrmacher BOGS'[52]. Die Ingredienzen des *mystischen Kessels*, der den *Wahnsinn* gebiert, deuten auf einige der in der

51 Des Quintus Horatius Flaccus Werke von Johann Heinrich Voss. In zwei Bänden, Bd. 1: Oden und Epoden, 3. Aufl., Braunschweig 1822, S. 188f.

52 Brentano/Görres, Wunderbare Geschichte (wie Anm. 9), S. 42.

Folge parodierten Autoren und ihre Werke: *Kindermythen, ein Reis von dem bezauberten/ Ast und alle Violen des/ Dichtergartens und zu Häcksel geschnitten/ den Grafen Gleichen und Lacrymas.* Neben den ‚Kinderliedern' zu ‚Des Knaben Wunderhorn' und dem ‚Dichter-Garten' von Rostorf (s. unten) wird hier auf Friedrich Ast und Wilhelm von Schütz angespielt. Der klassische Philologe und Philosoph Ast (1778-1841) war ein Schüler der Brüder August Wilhelm (1767-1845) und Friedrich von Schlegel (1772-1829), die das Zentrum des frühromantischen, bis 1801 bestehenden Kreises in Jena bildeten[53]. Ast lehrte ab 1805 in Landshut und war einer der wichtigsten Protagonisten der dortigen Romantik. Ab 1808 gab er die ‚Zeitschrift für Wissenschaft und Kunst' heraus, deren Ausrichtung sich teilweise mit der ‚Zeitung für Einsiedler' deckte und an der neben Loeben auch Eichendorff mitarbeitete[54]. Diese Publikation wurde sofort nach ihrem Erscheinen vom ‚Morgenblatt' angegriffen[55]. Der Jurist, Schriftsteller und bis 1811 preußische Beamte Schütz

53 Literaturlexikon (wie Anm. 42), Bd. 10, S. 257-264.

54 Killy Literaturlexikon (wie Anm. 7), Bd. 1, S. 240-242; Günther Debon, Fragmente zur Heidelberger Romantik, Ubstadt-Weiher 2006, S. 87.

55 Morgenblatt für gebildete Stände, 16.2.1808, Nr. 40, S. 158; Pfaff, Tröst Einsamkeit (wie Anm. 23), S. LX.

(1776-1847) gehörte Anfang des 19. Jahrhunderts zum Berliner Romantikerkreis um Ludwig Tieck und August Wilhelm von Schlegel. Erwähnt werden hier sein 1803 erschienenes Schauspiel ‚Lacrimas' sowie die 1807 publizierte Tragödie ‚Der Graf und die Gräfin von Gleichen' [56]. Eine Rezension des zweiten Werks im März 1808 im ‚Morgenblatt' hatte die *unleidliche Form und die undeutsche, in allen ihren Gliedern verzerrte, verrenkte Sprache* bemängelt. Der Autor, ein *feinsinniger philosophirender Geist*, wolle mit untauglichen Mitteln das *System der neuern Philosophie* versinnbildlichen[57].

Auch die ‚Weihe' enthält einen Seitenhieb auf Joseph Görres. Als Quelle des Verses *Blutlos, todt, und der Tod ist todt* verweist der Herausgeber auf eine *gewisse Ankündigung philosophischer Vorlesungen* [58]. Auf dasselbe Zitat hatte schon Michaelis in einer Ankündigung der ‚Zeitung für Einsied-

56 Literaturlexikon (wie Anm. 42), Bd. 10, S. 420 f.; Helmut Sembdner, Schütz-Lacrimas. Das Leben des Romantikerfreundes, Poeten und Literaturkritikers Wilhelm von Schütz (1776-1847), Berlin 1974 (Jahresgabe der Heinrich-von-Kleist-Gesellschaft 1971/72), S. 58.

57 Morgenblatt für gebildete Stände, 14.3.1808, Nr. 63, S. 249 f.

58 Reinbeck, Heidelberg (wie Anm. 7), S. 204 Z. 15 f.: … *und des Todes Gewalt sich bricht, dass er sterbend an's Leben sich verliert.*

ler' im April Bezug genommen[59]. Das ebenfalls bereits im ‚Morgenblatt' glossierte musikalische Hornmotiv (*Aus dem Grabe von Böhm, klingend erhüpft das Horn/ An der Seite des Postillons*) erscheint ebenso wie die auf die ‚Schriftproben' zurückgehende *Tarantel* in der ‚Weihe' [60]. Gemeint ist mit *Böhm* der deutsche Mystiker Jakob Böhme; die ‚Zeitung für Einsiedler' vom 23. April hatte ein Zitat aus seinen Werken eingeleitet. Die Anspielung auf den Mystiker weist einerseits auf das Gedicht ‚An Tieck' von Novalis, andererseits auf ‚Jacob Boehm' in Loebens ‚Reisebüchlein' [61]. Der *himmlische … Wahnsinn* und die *göttliche Grobheit* führten, so die ‚Weihe' weiter, folgerichtig zum Irrenhaus, und Deutschland werde dank der Romantik die entsprechenden französischen und englischen Einrichtungen Bicêtre und Bedlam weit übertreffen (*Unsere Jüngerschaft soll ferner mit Neide nicht/ Auf Bicêter und Bedlam schaun*). Weitere Seitenhiebe betreffen den Naturforscher und Phrenologen Franz Joseph Gall (1758-1828; *Dankbar will ich dir auch, wenn der*

59 Morgenblatt für gebildete Stände, 30.4.1808, Nr. 104, S. 412-415.

60 Görres, Geistesgeschichtliche und literarische Schriften (wie Anm. 9), Faksimile der ‚Schriftproben', S. 9.

61 Minor, Literatur-Pasquille (wie Anm. 32), S. 256; Loeben, Blätter (wie Anm. 13), S. 111-115.

Verleger hilft,/ Einen Tempel nach Gall erbaun)[62] sowie den 1781 in Bayreuth geborenen Arzt Johann Adam Walther (*Herr Prof. Walther hat handgreiflich bewiesen, dass bey der Geburt nichts gebohren werde und bey dem Tod nichts sterbe*), der zahlreiche naturphilosophische Schriften verfasste und sich auch mit den Gallschen Theorien beschäftigte[63]. Im Falle der Anspielung auf Gall wird in einer Anmerkung auf einen Artikel von ihm in der ‚Allgemeinen deutschen Justiz- und PolizeyFama' über *IrrenAnstalten* verwiesen. Es handelte sich dabei um eine Diskussion über die Frage, ob für die *tollen und rasenden Irren* eine eigene, hier als *Tempel* persiflierte Einrichtung in Heidelberg oder in anderen Orten in Baden errichtet werden sollte[64]. Während der Kreis der Roman-

62 Killy Literaturlexikon (wie Anm. 7), Bd. 4, S. 104f.

63 Johann Adam Walther, Ueber Geburt, Dasein und Tod, Nürnberg 1808, S. 13: *Geburt ist nur das Hervortreten der einzelnen Wesenheiten aus der Unendlichkeit des nie mit sinnlichen Augen gesehenen Alls in die Erscheinung und Unterscheidbarkeit: Tod, das Zurüktreten derselben aus der Erscheinung und Unterscheidbarkeit in die Ununterscheidbarkeit von ienem.* Eine Bücheranzeige des Werks erschien als Anhang des vierten Heftes der ‚Zeitschrift für Wissenschaft und Kunst' von 1808; Biographisches Lexikon der hervorragenden Ärzte aller Zeiten und Völker, hrsg. von August Hirsch u. a., Bd. 5, Berlin/Wien 1934, S. 838.

64 Doktor Gall über IrrenAnstalten, in: Allgemeine deutsche Justiz- und PolizeyFama, 19.8.1807, Nr. 96, Sp. 745-756.

tik, insbesondere Brentano, die Lehren Galls sehr schätzte, versuchte Voß, der in *Niederdeutscher Eingeschränktheit* lebe *wie immer*, vergeblich eine Vorlesung des Phrenologen in Heidelberg zu verhindern, indem er *gegen ihn an allen Ecken … schimpfte*, wie aus einem Brief des Juristen Anton Friedrich Justus Thibaut vom 8. Oktober 1807 hervorgeht[65].

Die ‚Erste Vorrede von Peter Hammer alias Goerres' (S. 7f.) besteht aus sechs Auszügen überwiegend mit Aussagen zum Wahnsinn aus den ‚Schriftproben'[66], die in einer Anmerkung ein Seitenhieb des Herausgebers auf die *neuesten frommen Dichter und einige unsrer berühmten lebenden Weiber* ergänzt. Daran schließt sich die ‚Zweite, fragmentarische Vorrede von Jean Paul' (S. 9-16) an, deren Anfang (*Von jeher hab ich diess als die erste Kautel angesehen …*), wie bereits erwähnt, dann auch die Rezension der ‚Schriftproben' im ‚Morgenblatt' einleiten sollte. Die Jean Paul-Zitate, die ohne Rücksprache mit

65 Zur deutschen Literatur und Geschichte. Ungedruckte Briefe aus Knebels Nachlaß, hrsg. von Heinrich Düntzer, Bd. 2, Nürnberg 1858, S. 95f.

66 Görres, Geistesgeschichtliche und literarische Schriften (wie Anm. 9), Faksimile der Schriftproben, S. 9b, Z. 12-17, 27-32, 33-S. 10a, Z. 4, 26-29, S. 21b, Z. 22-24, S. 24a, Z. 11-14.

dem Autor aufgenommen worden sind, gehen auf den Anhang seiner 1804 erschienenen ‚Vorschule der Aesthetik, nebst einigen Vorlesungen über die Parteien der Zeit' zurück; das Werk berührt sich fachlich mit Schreibers Heidelberger Lehrtätigkeit. Die Auszüge, die gegen die Tollheit in der Literatur argumentieren und die *jetzige Dichtkunst ..., ohne Sinn umherirrend*, sowie die Sonett-Begeisterung der Zeit kritisieren (*Wer jezt gar nichts zu sagen hat, lässt in einem Sonnet tanzen und klingen*), stammen aus der ‚Jubilate-Vorlesung für Poetiker', die sich mit der Romantik und ihrem Antagonismus zur Klassik auseinandersetzt[67]. Allerdings schätzte Jean Paul Görres' ‚Schriftproben' sehr wohl, wie er am 30. Oktober 1808 an Johann Georg Zimmer schrieb[68]. Eingeschoben ist in die Auszüge aus der Vorle-

67 Jean Pauls Sämtliche Werke. Historisch-kritische Ausgabe, 1. Abt., Bd. 11: Vorschule der Aesthetik, hrsg. von Eduard Berend, Weimar 1935, S. 380, Z. 3-11, 34-S. 381, Z. 6, 24-37, S. 384, Z. 16-22, 32-S. 385, Z. 17, S. 398, Z. 4-18, S. 401 Z. 29-S. 402 Z. 23; zu den Zielen, die Jean Paul mit diesem Werk verfolgte, s. ebd., S. VII-XX.

68 Johann Georg Zimmer und die Romantiker. Ein Beitrag zur Geschichte der Romantik nebst bisher ungedruckten Briefen, hrsg. von Heinrich W. B. Zimmer, Frankfurt am Main 1888, S. 298 f.; Jean Pauls Sämtliche Werke. Historisch-kritische Ausgabe, 3. Abt., Bd. 5: Briefe 1804-1808, hrsg. von Eduard Berend, Berlin 1961, S. 243.

sung als Anmerkung ein Zitat aus Görres' 1802 erschienenen ‚Aphorismen über die Kunst'[69].

Um die eigentliche Einleitung in die ‚Comoedia divina' handelt es sich bei der ‚Dritten Vorrede vom Herausgeber' (S. 17-24), dem pseudonymen W. G. H. Gotthardt. Sie referiert vor allem am Anfang Görres' ‚Aphorismen über die Kunst', die in den Fußnoten unter Angabe der Seitenzahlen zitiert werden[70]. Die ‚Comoedia divina' sei, so der Herausgeber, keine *Nachahmung des Dante*, sondern ein *Werk eigenthümlicher Productivität, die, über den Geschlechtstrieb emporstrebend, als Begeistrung sich potenzirt* im Sinne des Görresschen Werks. Als eigentlicher Verfasser wird ein *junge*[r], *genialische*[r] *Schweizer*, ein *Bildhauer*, benannt. Er plane ein Werk, die *Mystik nämlich, wie sie ihrer Tochter, der Romantik, das Waldhorn und den Rosenkranz darreicht.* Zur Ausführung dieses Bildwerkes solle man die für ein Lutherdenkmal gesammelten Mittel verwenden, *zumal da es mit dem Verdienste der Reformation überhaupt so weit her nicht ist, und von höherer Religiosität auch kein Funke darin anzutreffen seyn würde, ohne die Scheiterhaufen von Huss, Servet,*

69 Joseph Görres, Aphorismen über die Kunst. Als Einleitung zu Aphorismen über Organomie, Physik, Psychologie und Anthropologie, Koblenz 1802, S. 235f.

70 Görres, Aphorismen (wie Anm. 69), S. 191, 62, 61, 58, 37f.

und wer sonst noch zu Gottes Ehre geschmoort wurde. Diesen Gedanken führt eine Fußnote fort: *Dass Calvin den Servet braten liess, war die höchste Religiosität. Ausspruch eines berühmten protestantischen Lehrers der Kirchengeschichte.* Gemeint ist mit dem Hingerichteten der Theologe und Naturphilosoph Michael Servet (1511-1553), der aufgrund seines Werks ‚Christianismi Restitutio' sowohl von der katholischen Inquisition als auch auf Betreiben des Reformators Jean Calvin als Häretiker zum Tode verurteilt und am 27. Oktober 1553 in Genf verbrannt worden ist[71]. Der scheinbare Ausfall gegen die Reformation in der ‚Comoedia divina', der sich letztlich polemisch gegen die katholischen Tendenzen der Romantik richtete und in der Folge eine kleine Kontroverse auslöste (s. unten), endet mit einer Anspielung auf den *Verfasser der Lucinde und die Tochter Mendelsohns*, die sich *in der frommen Stadt Cöln … neulich vom alten Sauerteige rein haben waschen lassen.* Dies bezieht sich auf Friedrich von Schlegel und seine Frau Dorothea, Tochter von Moses Mendelssohn, die 1808 zum Katholizismus konvertierten[72].

71 Biographisch-Bibliographisches Kirchenlexikon, begr. u. hrsg. von Friedrich Wilhelm Bautz, fortgeführt von Traugott Bautz, Bd. 9, Herzberg 1995, Sp. 1470-1479.

72 Literaturlexikon (wie Anm. 42), Bd. 10, S. 259-264.

Die *göttliche Comödie zerfalle*, so der Herausgeber weiter, in *drey organische Hauptheile*. Die beiden ersten Stücke seien für *Liebhabertheater* oder auch *Hoftheater* gedacht zu den Zeiten, *wo man sonst in katholischen Ländern Betstunden zu halten pflegt*. Die Vorrede schließt mit einer *Dedication* an den *Bruder meines Herzens, hoch und feinsinniger F.*, der sich bei Rom und Neapel aufhalte. Mit dieser Person könnte, wenn es sich überhaupt um eine reale Dedikation handelt, vielleicht Friedrich Müller, genannt Maler Müller (1749-1825), gemeint sein, der von 1778 bis zu seinem Tod in Rom lebte[73]. Schreiber veröffentlichte zwischen 1811 und 1816 verschiedene Dichtungen Müllers in seinen Publikationen ‚Cornelia. Taschenbuch für Deutsche Frauen' sowie ‚Heidelberg und seine Umgebungen, historisch und topographisch beschrieben', was auf einen persönlichen Kontakt deuten könnte[74].

Letzter Text des einleitenden Blocks ist die ‚Erklärung des Titelkupfers' (S. 25-30), das aber noch nicht vorliege, da der Stecher, ein *Meister im Helldunkel* in Anspielung auf Görres' ‚Aphorismen über die Kunst'[75], gerade *mit einem andern*

73 Killy Literaturlexikon (wie Anm. 7), Bd. 8, S. 385-387.

74 Rolf Paulus/Eckhard Faul, Maler-Müller-Bibliographie, Heidelberg 2000, Nr. 51, 53 f., 149.

75 Görres, Aphorismen (wie Anm. 69), S. 50.

Abb. 2

g
e
Schöpf. von Heydn.
i

Meisterstücke für die Einsiedlerzeitung beschäftigt sei. Bei diesem Meisterstück handelt es sich um den dem Maiheft der ,Zeitung für Einsiedler' beigefügten satirischen Kupferstich (Abb. 2). Er gehört zu dem Artikel ,Correspondenznachrichten aus Bädern und Brunnenorten' von Görres, der ähnliche Rubriken im ,Morgenblatt' persifliert[76]. In diesem Beitrag machte sich Görres über die Angriffe Michaelis' im ,Schreiben eines Studirenden an der Universität [Heidelberg]' in dieser Zeitung lustig, der an seinen in einer Vorlesung vorgetragenen Formulierungen Anstoß genommen hatte, *deutsche Kunst und Wissen seyen in unserer Zeit so kalt und so naß – wie eine Hundesschnautze* sowie *Baukunst* sei *gefrorne Musik*[77]. Seine Satire persiflierte die ,Morgenblatt'-Journalisten der klassizistischen Partei als Hundeschnauzen und bezog auch den Heidelberger Brückenaffen ein. Görres' ausführlicher Beschreibung des Kupferstichs stellte die ,Comoedia divina' eine travestierende Umdeutung desselben Stichs gegenüber, die ihn als Darstellung eines romantischen Schöp-

76 Görres, Geistesgeschichtliche und literarische Schriften (wie Anm. 9), S. 310-316.

77 Morgenblatt für gebildete Stände, 11.3.1808, Nr. 61, S. 241; Minor, Literatur-Pasquille (wie Anm. 32), S. 255 f.

fungswerks mit Seitenhieben auf die ‚Aphorismen über die Kunst' erklärte[78]:

Joseph Görres, Correspondenznachrichten	Aloys Schreiber, Comoedia divina
... auf der Rastrirung ist eine gar anmuthige musikalische Landschaft zu schauen, die wie der Augenschein ergiebt, ein ganz vortrefflicher Canon ist, den die lieben Englein aus den Wolken heraus posaunen und der Teufel mit einem falschen Strohbaß accompagnirt, wodurch alle Uebel und alles Böse, unter andern auch die schlechten Journale in das himmlische Jerusalem eingeschwärzt werden. Die solidesten vier-eckigten Noten sind herunter gesunken, und die Töne sind	*... vorstellend einen berühmten romantischen Philosophen, der die Welt erschafft. Oben schwebt die bereits fer-tige Kugel mit Adam und Eva, in Flammen, anzudeuten die überschweng-liche Liebesglut der frommen mystischen Schule; - zur*

78 Hans-Martin Mumm, Der Romantikstreit 1807 bis 1811, in: „weder Kosmopolit noch Spießbürger" (wie Anm. 42), S. 48 f.

Joseph Görres, Correspondenznachrichten	Aloys Schreiber, Comoedia divina
so gründlich fest und gedrungen und widerhaltig, daß sie in ihren Haufen wie Berge da stehen, und die Leute ordentlich darauf herumgehen und drin graben und pflanzen können. Dabey hat sich alles in schöner geologischer Folge und Ordnung zusammengefügt; schichtenweise liegen die Accorde, die gröblichten, körnigten Baßnoten sind, wie bey b zu sehen, zuerst niedergesunken, und haben einen groben festen Granit gebildet; fern erfolgt das Uebergangsgebürge bey c, dann gehts mit Discant und Alt bis nach und nach ins zwey und dreygestrichene a hinüber, und die Kuppen werden so spitz wie Nadeln, während anderwärts ein Pizzicato eine merkwür-	*Rechten blasen die Freunde des Philosophen auf Nachtwächterposaunen und verkündigen das neue Wunder; zur Linken kommt der Gott sey bei uns, und lacht sie aus nach seiner hämischen Art. Unten erscheint die Stadt am Neckar, wo die Weltschöpfung vor sich geht bei einem Glas Bier, und im Vordergrunde sitzt ein Affe mit der Theorie des Klangs beschäf-*

Joseph Görres, Correspondenznachrichten	Aloys Schreiber, Comoedia divina
dige Nagelfluhe gebildet hat. Und wie nun alles so fertig gewesen, da sind die Menschen gekommen, und haben fortgefahren, wo die Engelein nachgelassen, und auch musizirt und psallirt, und da ist in der Mitte bey f die Stadt entstanden, von der oben die Rede gewesen ist, gleichwie es dann von jeher hergebracht ist, daß die Baßgeigen sich durch ihr Schnurren und Brummen ihren eigenen bauchigten Kasten zusammenbauen, wenn sie nur einmal erst zu Wort gekommen sind. Die Stadt hat sich aber bald mit der schönen Natur entzweyt, und der benachbarte Berg streckt durch ein angenehmes Naturspiel dem Neste die Zunge bellend entgegen. In	tigt, eine höchst sinnreiche Idee, da unter allen Wesen mit vier und zwei Beinen und ohne Beine dieses humoristische Geschöpf für den treuesten Repräsentanten der Romantik gelten kann, indem sich in ihm eben so rein das Naive gestaltet, zum Beispiel, wenn es Nüsse knackt, oder Burzelbäume schlägt, als das Sentimentale, welches sich hauptsächlich dadurch erweist,

Joseph Görres, Correspondenznachrichten	Aloys Schreiber, Comoedia divina
der Ferne g steht das Schloß, von dem schon gesprochen, mit einem runden Thurme aus b molle etwas schadhaft, weil der Sturm von Jericho gleich nach der Verfertigung in ihm aufgeführt worden, und einigen Viereckten aus Dur. Nachdem aber die vernünftigen Creaturen so ihr Werk vollbracht, sind, was bey i zu sehen, nun die Unvernünftigen gleichfals eingerückt, und moquiren sich über alles, und wollen etwas Besseres machen, es giebt aber wie vorauszusehen nichts als Ställe und Koven u. dgl. Es erklärt aber das recht schön den andern Theil von dem wir Auskunft geben wollten, die Hundeschnautzen nämlich: Simia, der Affe hockt in der Expe-	*dass bei dem Affen die Poesie abwärts durch Musik, (bekanntlich sind die Affen vortreffliche Tänzer und Lautenschläger), und durch den Wohlgeruch in den Geschlechtstrieb übergeht.* *Doch wir wenden uns von diesem Gebilde ächter Eiweiss- und Sauerstoff-Kraft, auf welches wir nur so ganz zufällig gekommen sind, wie Newton zur Lehre von*

Joseph Görres, Correspondenznachrichten	Aloys Schreiber, Comoedia divina
dition und zeigt aufs Blatt; da stehen die Geschnautzten umher und heulen nach wie's geschrieben steht fiat Lux, aber Mohrenköpfe! es giebt nur schlechte Brühe, und alle M o r g e n *werden mit neuem Gespühlig die Tröge gefüllt, und da treibt die Bande nun Völlerey mit, und schluppert sie aus bis auf den Boden. Will du die Gans nit lassen räuberischer Fuchs! – Schriftproben – schwirrt der Zug im Hintergrunde dahin, umsonst läuft der Listige mit dem Braten davon, das Publicum nach: heysa, so lauft denn immer nur zu.*	*der Anziehung, oder wie einige Mystiker zum Katholicismus, zu der verheissenen Erklärung unsers Titelkupfers.*

Zwei Fußnoten Schreibers verweisen wiederum auf Görres' ‚Aphorismen über die Kunst'[79] sowie auf Jakob Fidelis Ackermann (s. unten). Auf diese Satire folgt die Beschreibung des eigentlichen, natürlich nie umgesetzten Titelkupfers der ‚Comoedia divina'. Skizziert wird ein Streit zwischen dem *heidnische*[n] *Gott Apollo* und einem auf einer Sau reitenden *christliche*[n] *Romantiker, einen Harnisch über der Mönchskutte*, der einen *ungeheuern mit Messing beschlagenen Folianten – vermuthlich die Werke Jakob Böhms* – drohend erhebt. Zum weiteren Personal des imaginären Kupferstichs gehört Priapus an der *Wohnung des Einsiedlers*, wahrscheinlich *eine Anspielung auf die göttliche Lucinde*, weiter *ein altes, zerfallenes Ritterschloss* mit einem Uhu, aus dessen Fenstern die *vier Haimonskinder, Tieks Genovefa und Kaiser Octavianus, der gehörnte Siegfried, nebst anderm romantischem Volke, auf den wunderbaren Kampf* herabblicken. Vom Olymp schwebt Hermes, um den *Romantiker und sein sonderbares Streitross in Heuschrecken oder Krebse zu verwandeln*. Bei dem Personal des Schlosses handelt es sich um Werke oder Adaptionen der von der Romantik hochgeschätzten sogenannten altdeutschen Literatur, darunter die ‚Vier Haimons-

79 Görres, Aphorismen (wie Anm. 69), S. 227.

kinder', die in den bereits erwähnten ,Correspondenznachrichten' von Görres erwähnt sind[80], und der ,Hürnen Seyfrid', über dessen Verhältnis zum Nibelungenlied Görres in der ,Zeitung für Einsiedler' ab dem 15. April schrieb, weiter Ludwig Tiecks Trauerspiel ,Leben und Tod der heiligen Genoveva' sowie sein Lustspiel ,Kaiser Octavianus', die 1799/1800 und 1804 erstmals veröffentlicht worden sind. Zudem gibt es einen Bezug zu dem Schauspiel ,Golo und Genovefa' von Maler Müller, von dem die ,Zeitung für Einsiedler' ab dem 14. Mai Auszüge abdruckte[81]. Auch in seiner Schrift ,Die teutschen Volksbücher' hatte Görres die ,Vier Haimonskinder', den ,Hürnen Seyfrid' sowie die ,Genoveva' vorgestellt[82]. Als Teil einer Selbstanzeige seines Werks in den ,Heidelbergischen Jahrbüchern' veröffentlichte er 1808 weiter Teile der ,Vier Haimonskinder' nach einer in Rom angefertigten Abschrift aus dem Cod. Pala-

80 Görres, Geistesgeschichtliche und literarische Schriften (wie Anm. 9), S. 313.

81 Gerhard Sauder, Romantisches Interesse am Sturm und Drang (Maler Müller, Lenz, Goethe), in: Maler Müller in neuer Sicht. Studien zum Werk des Schriftstellers und Malers Friedrich Müller (1749-1825), hrsg. von Gerhard Sauder u. a., St. Ingbert 1990 (Saarbrücker Beiträge zur Literaturwissenschaft 24), S. 230f.

82 Görres, Geistesgeschichtliche und literarische Schriften (wie Anm. 9), S. 208-224, 269-271.

tinus germanicus 399, eine der Handschriften der Bibliotheca Palatina, und trug sich mit dem Plan einer Gesamtedition[83].

‚Die Leipziger Messe'

Der Hauptteil der ‚Comoedia divina' beginnt mit dem Theaterstück ‚Die Leipziger Messe' (S. 31-58), die der alternde Jupiter mit Merkur als Begleiter aus Langeweile besucht, um die *närrischen Sprünge* der Menschen *zu begucken.* Alle Personen, denen sie begegnen, persiflieren in ihren Aussagen oder in ihrem Namen romantische Werke. Zuerst treffen die Reisenden drei Ausrufer der Messe, die neben Rostorfs ‚Dichter-Garten' unter anderem ein weiteres Werk von Wilhelm von Schütz anpreisen, die 1807 in Berlin erschienene Tragödie ‚Niobe'. Eine Anmerkung verweist als *Commentar* zum dritten Ausrufer, der die Erschaffung des Menschen aus *Eiweissstoff*, *Sonnenlicht* und *Sauerstoff* ankündigt, auf Auszüge eines *me-*

83 Beate Weifenbach, Die Haimonskinder in der Fassung der Aarauer Handschrift von 1531 und des Simmerner Drucks von 1535. Ein Beitrag zur Überlieferung französischer Erzählstoffe in der deutschen Literatur des Mittelalters und der frühen Neuzeit, Teil 1: Einführung in die europäische Haimonskindertradition, Frankfurt am Main 1999 (Germanistische Arbeiten zu Sprache und Kulturgeschichte 39), S. 28 f.

dicinisch-philosophischen Journal[s]. Gemeint ist damit der naturphilosophisch ausgerichtete Artikel des Heidelberger Anatomen und Physiologen Jakob Fidelis Ackermann (1765-1815), der die entsprechende Abteilung der ‚Heidelbergischen Jahrbücher' einleitete[84]. Danach zitiert ein *Junge mit einem Guckkasten und einer Drehorgel* paraphrasierend, worauf wiederum eine Anmerkung verweist, aus den ‚Aphorismen über die Kunst' von Görres[85]. Auf Jupiters Frage: *Habt ihr denn kein Tollhaus hier?* antwortet der Junge: *Ach Herr, die Universitäten kosten zuviel.*

Als nächste Person tritt ein Zettelträger auf, der das von Görres verwendete Hundeschnauzen-Motiv travestiert und eine Aufführung der ‚Nio be' sowie von ‚Der Graf und die Gräfin von Gleichen' durch entsprechende Tiere ankündigt, durch *Spitz* und *Mops*. Darauf stoßen Jupiter und Merkur auf ein Schild, das den Schriftsteller *Novalis Octavianus Hornwunder* ankündigt. Er flickt seinen *Ueberrock*, denn das *Leben ist lang und das Honorar kurz*, und sitzt, auch eine Anspielung auf das Titelkupfer des ersten Bandes von ‚Des

84 Schneider, Beiträge (wie Anm. 36), S. 59; Neue deutsche Biographie, hrsg. von der Historischen Kommission bei der Bayerischen Akademie der Wissenschaften, Bd. 1-24, Berlin 1953-2010, hier Bd. 1, S. 37f.

85 Görres, Aphorismen (wie Anm. 69), S. 1-30.

Knaben Wunderhorn', auf einem *Pferd für Hypochondristen*, das der *Lebensverlängerer Hufeland* erfunden habe. Christoph Wilhelm Hufeland (1762-1836), einer der wichtigsten Ärzte seiner Zeit, wirkte von 1793 bis 1801 in Jena, wo er mit den Brüdern Schlegel bekannt war. Als Frucht einer Vorlesung publizierte er erstmals 1797 das Werk ,Makrobiotik oder die Kunst, das menschliche Leben zu verlängern', und empfahl an anderer Stelle zur Bekämpfung der Hypochondrie *Bewegung des Körpers, besonders zu Pferde*[86]. Hornwunder bietet darauf seinen Besuchern an, auf Bestellung Werke zu verfassen, die tatsächliche romantische Buchtitel oder Aussagen travestieren: *Ankündigung einer Zeitung für Bettler. – Von der Heiligkeit des Wahnsinnes. – Ueber den Zusammenhang der Mystik mit dem Geschlechtstrieb. – Ueber die Rindviehseuche, mit einem Anhange über den idealischen Atheismus, und einigen alten Volksliedern als Zugabe.* Von Jupiter aufgefordert, die romantischen Gedanken näher zu erklären, zitiert Hornwunder aus den ,Aphorismen über die Kunst'[87]. Friedrich von Schlegels

86 Christoph Wilhelm Hufeland, Enchiridion medicum, oder Anleitung zur medizinischen Praxis, Berlin 1836, S. 226; Neue deutsche Biographie (wie Anm. 84), Bd. 10, S. 1-7.

87 Görres, Aphorismen (wie Anm. 69), S. 225 f., 227, 229. Das Zitat *Baukunst ist gefrorne Musik* stammt wiederum

1799 erschienener Roman ‚Lucinde' sei weiter ein Plädoyer für die *freie … Ausübung der Liebe, dieser ältesten, kindlichsten und einfachsten Religion.* In einer Anmerkung wird dieses Buch zusammen mit den französischen erotischen Werken ‚La nouvelle Justine ou les malheurs de la vertu', Nicolas Choriers (Johannes Meursius) ‚Aloisia Sigaea' sowie Voltaires ‚La Pucelle d'Orleans' den *niedlichen Bettbibliotheken* von *reichen Liebhabern* zugeordnet. Im Vorgriff auf ‚Des Dichters Küchengarten', wo sich Vorlagen und vollständige Fassungen finden, rezitiert Hornwunder romantische Texte, die *excitirend* oder *deprimirend* wirken, darunter eine Persiflage von Aussagen aus den ‚Aphorismen über die Kunst' und den ‚Correspondenznachrichten' (*Wer ergründet je die Spur …*)[88], die Parodie eines Gedichts von Franz Lassaulx (*Geister munkeln …*), Schwager von Joseph Görres, sowie ein Zitat aus den ‚Blättern aus dem Reisebüchlein eines andächtigen Pilgers' von Otto Heinrich Graf von Loeben (*Göttlicher Wahnsinn …*). Da ihn der *arme Teufel* dauert,

aus dem ‚Schreiben eines Studirenden an der Universität [Heidelberg]'.

88 Die Parfüm-Anspielung in Strophe 1 geht auf die ‚Aphorismen' (wie Anm. 69, S. 226) zurück, die Wiedehopf-Anspielung in Strophe 2 bezieht sich auf die ‚Correspondenznachrichten'.

verwandelt Jupiter Hornwunder in eine Gans. Ein nun erscheinender Buchhändler, der sich als Anhänger des Phrenologen Gall entpuppt, entdeckt an Jupiter durch eine Untersuchung des Schädels das *Organ der Hahnreischaft*. Zu Strafe wird er in einen Fuchs verwandelt und frisst mit der Gans seinen *Auctor*, den für ihn arbeitenden Dichter, *mit Haut und Federn*.

Der Jurist, Schriftsteller und Verleger Franz Lassaulx (1781-1818), dessen Schwester Katharina Görres 1801 heiratete, war wie dieser schon früh ein Anhänger der französischen Revolution. Ab 1806 lehrte er in Koblenz Zivilrecht. Auch unter dem Einfluss der Romantik entstand sein von 1802 bis 1804 in zwei Bänden gedruckter Roman ‚Albano Giuletto', der die Vorlage des persiflierten Gedichts enthält[89]. Um einen Epigonen der Heidelberger Romantik, den Arnim 1808 gegenüber Bettine zu den *viele*[n] *junge*[n] *Genies* in der Stadt zählte, ohne dass ein enger Kontakt bestand, handelte es sich bei Otto Heinrich Graf von Loeben (1786-1825). Er führte den Künstler-

89 Neue deutsche Biographie (wie Anm. 84), Bd. 13, S. 643; Leo Just, Franz von Lassaulx. Ein Stück rheinischer Lebens- und Bildungsgeschichte im Zeitalter der großen Revolution und Napoleons, Bonn 1926 (Studien zur rheinischen Geschichte 12), S. 170 Anm. 241, S. 188 f. u. Anm. 33.

namen Isidorus Orientalis und zählte Joseph von Eichendorff und dessen Bruder zu seinen Schülern. Sein wichtigstes Werk in dieser Zeit war der 1808 in Mannheim bei Schwan & Götz erschienene Roman ‚Guido', der von Novalis' ‚Heinrich von Ofterdingen' abhängig war. Görres stand sowohl dem ‚Reisebüchlein' als auch dem ‚Guido' kritisch gegenüber[90]. Im ‚Morgenblatt' erschienen im Mai und im Juli 1808 zwei Rezensionen dieser Werke von Georg Reinbeck. Die ausführliche Besprechung des ‚Guido' nahm Anstoß an dem sich in diesem Werk manifestierenden *göttlichen Wahnsinn einer mißverstandenen Mystik.* Der romantische Dichter wolle die *Welt aus den starren Banden des Teufels (der kalten Vernunft)* befreien[91]. Deutlich abwertender fiel das Urteil über das ‚Reisebüchlein' in diesem Organ aus, das einen Rückfall in die Zeit der *altfränkischen Reimereien* darstelle. Als Beispiel für eines der missglückten Sonette Loebens wurde unter anderem die Tieck gewidmete Dichtung abgedruckt, die sich auch in

90 Bettine/Arnim, Briefe (wie Anm. 26), Nr. A 30; Killy Literaturlexikon (wie Anm. 7), Bd. 7, S. 470f.; Harald Preiß, Otto Heinrich Graf von Loeben – Adliger und freier Schriftsteller in der romantischen Bewegung, Frankfurt am Main 1995 (Helicon 17), S. 52-54.

91 Morgenblatt für gebildete Stände, 4.-5.5.1808, Nr. 107f., S. 424-427, 430f., 7.-9.5.1808, Nr. 110f., S. 437f., 443f., 11.5.1808, Nr. 113, S. 449-452.

‚Des Dichters Küchengarten' in der ‚Comoedia divina' findet[92].

‚Sündenfall' und ‚Nachspiel'

Im Anschluss an ihre Begegnung mit Hornwunder begeben sich Jupiter und Merkur ins Theater, wo unter dem Titel ‚Der Sündenfall' eine Paradies-Travestie aufgeführt wird (S. 59-84). Die beiden Götter spielen allerdings in der Folge keine Rolle mehr. Nach einem Eingangsmonolog Adams erscheint *Gott Vater, in einem großen Mantel, aus welchem viele kleine Engelein die Köpfe strecken*, und muss feststellen, dass seine Schöpfung beginnt, sich *Gedanken* zu machen. Eine Anmerkung Schreibers erweist das Engel-Motiv beim zweiten Vorkommen (S. 66) als Anspielung auf Görres' Rezension von Philipp Otto Runges ‚Die Zeiten' in den ‚Heidelbergischen Jahrbüchern'[93]. Nach der Erschaffung von Eva entfernt sich Gott, nachdem er den beiden verboten hat, den *Baum der Erkenntniss* anzurühren. Unmittelbar darauf tritt

92 Morgenblatt für gebildete Stände, 11.-12.7.1808, Nr. 165 f., S. 657 f., 663 f.

93 Minor, Literatur-Pasquille (wie Anm. 32), S. 256 f.; Franz Schultz, Charakteristiken und Kritiken von Joseph Görres, 2. Folge, Köln 1902 (Görres-Gesellschaft zur Pflege der Wissenschaft im katholischen Deutschland 1902,3), S. 19.

der Teufel mit einem längeren Monolog auf, der Versen aus Wilhelm von Schütz' Werken ‚Niobe' sowie ‚Der Graf und die Gräfin von Gleichen' nachgebildet ist, wie drei weitere Anmerkungen nachweisen, die teils das Original zu Vergleichung wiedergeben[94]. Ein danach erscheinender Engel erläutert Adam, dass der Engelschor im Himmel *in den Abendstunden/ Dem Gott Vater die Zeitung für Einsiedler* vorlese, und singt das ‚Maykäfer-Lied' aus ‚Des Knaben Wunderhorn'[95], das Eva zwar *etwas dunkel* erscheint, sie aber *gewaltig hin ... reisst.* Nach dem Verzehr des Apfels wird es Adam im *Kopfe ... sonderbar,/ Alles will sich anders gestalten.* Der Sündenfall hat beide zu Romantikern gemacht, und ihre sich anschließenden Reden über *Productivität* und *Eductivität* paraphrasieren Görres' ‚Aphorismen über die Kunst'. Dieselbe Quelle liegt einem nun auftauchenden *Unsichtbare*[n] *Chor der Infusionsthierchen* zugrunde[96], ein Seitenhieb auf die verschiedenen

94 [Wilhelm von Schütz:] Niobe. Eine Tragödie vom Verfasser des Lacrimas, Berlin 1807, S. 5, V. 1-6, S. 7, V. 4-11; Wilhelm von Schütz, Der Graf und die Gräfin von Gleichen. Eine Tragödie, Berlin 1807, S. 3, V. 1-13.

95 Des Knaben Wunderhorn. Alte deutsche Lieder, gesammelt von L. A. v. Arnim u. Clemens Brentano, Bd. 1, hrsg. von Heinz Rölleke, Stuttgart u. a. 1975 (Frankfurter Brentano-Ausgabe 6), I 235a.

96 Görres, Aphorismen (wie Anm. 69), S. 111f.

Chöre in Wilhelm von Schütz' ‚Niobe'. Dem wieder erscheinenden Gott, der Adams *Irrereden* feststellen muss, antwortet dieser mit Zitaten oder Paraphrasen aus den Werken von Novalis[97], bis er von einem Engel aus dem Paradies vertrieben wird; erst dann kommt er wieder zu seinen *fünf Sinnen*. Der Cherub resümiert, *Narren muss man mit Kolben lehren*. Die zugehörigen Anmerkungen enthalten Anspielungen auf die Rezension der Werke ‚Niobe' und ‚Der Graf und die Gräfin von Gleichen' von Friedrich Ast[98]. Sie ironisieren weiter die *kühnen, geschleiften, gestossenen Töne ... oder Ellipsen* in Schütz' Werken; letztere korrespondierten mit den *Bergkuppen und Schluchten*

97 Debon, Fragmente (wie Anm. 54), S. 72 f., 76. Im einzelnen: S. 79: *Bin ich ein etwas, oder bin ich nur ein Schein?* ... (Novalis, Bd. 2: Das philosophisch-theoretische Werk, hrsg. von Hans-Joachim Mähl, München/Wien 1978, vgl. S. 14, Z. 13, S. 645, Z. 31 u. ö.); *Ich fühls, der Götter Leben ist Mathematik* (ebd., S. 791 Z. 10); S. 80: *Es ist die Sterblichkeit und Wandelbarkeit* ... (ebd., S. 677 Nr. 869); *Die Sünde und die Liebe haben gleichen Zweck* ... (ebd., S. 814 Nr. 357); S. 81: *Vier Flämmlein flammen aus dem Schoosse der Natur* ... (ebd., S. 453 Nr. 30); *Der Körper will verdauen und verdaut die Seele* ... (ebd., S. 510 Nr. 211, S. 497 Z. 3 f., S. 494 Nr. 117); S. 82: *Sey ruhig, Evchen, denn es kommt gewiss die Zeit* ... (ebd., S. 717 Nr. 1133); S. 83: *Von allen Giften ist die Seel das stärkste doch* (ebd. S. 706 Nr. 1057).

98 Friedrich Ast, in: Zeitschrift für Wissenschaft und Kunst 1 (1808), S. 146-149.

als solche geschleifte Töne, ein weiterer Verweis auf Görres' bereits erwähnte ‚Correspondenznachrichten' in der ‚Zeitung für Einsiedler'[99].

An das Theaterstück schließt sich ein ‚Nachspiel' (S. 85-104) an, bei dem Egidio, seine Geliebte Laura, deren Vater, *der geheime Rath*, der Hanswurst, der Teufel in der Verkleidung eines Einsiedlers und der Nachtwächter mitwirken. Diese Satire richtete sich in erster Linie gegen die Indien-Verehrung von Friedrich von Schlegel, Creuzer und Görres[100]. Schlegel hatte 1808 bei Mohr & Zimmer die Schrift ‚Über die Sprache und Weisheit der Indier. Ein Beitrag zur Begründung der Alterthumskunde' veröffentlicht; weiter geht die Dichtung ‚Entstehung der indischen Poesie' in der ‚Zeitung für Einsiedler' vom 23. April auf seine Übersetzung zurück. Das ‚Morgenblatt' äußerte sich 1808 allerdings eher positiv über die wissenschaftliche Beschäftigung mit Indien und auch über Schlegels Buch[101].

99 Debon, Fragmente (wie Anm. 54), S. 70f.; Sembdner, Schütz-Lacrimas (wie Anm. 56), S. 59; Görres, Geistesgeschichtliche und literarische Schriften (wie Anm. 9), S. 312.

100 Debon, Fragmente (wie Anm. 54), S. 73f.

101 Morgenblatt für gebildete Stände, 29.-30.3.1808, Nr. 76f., S. 301f., 305f.; 16.7.1808, Nr. 170, S. 677f.

Der Teufel bringt dann mit der Novalis-Anspielung *Ha, Träumer, Wollust ist Religion, / Im Fleische muss das Wort sich offenbahren*[102] Egidio dazu, mit einer Leiter in das Fenster seiner Geliebten einzusteigen. In einer Anmerkung wird die *ausführliche Exegese* zur *Offenbarung im Fleische* in Schlegels ‚Lucinde' gerühmt und zum gleichen Thema ein längeres Zitat aus Schütz' ‚Der Graf und die Gräfin von Gleichen' eingefügt[103]. Das gesamte Personal des ‚Nachspiels' bricht dann nach Indien auf, weg vom *europä'sche*[n], *alte*[n] *Dunkel* und hin zum *himmlischen Karfunkel.* Zu erwähnen sind weiter ein Seitenhieb auf *Asts Journal* (S. 90) sowie mit dem Vers *Vielfarbig nasse Andachtsflammen wallen* (S. 95) ein weiteres Novalis-Zitat[104]; an dieser Stelle der ‚Comoedia divina' wird er auch als Autor genannt. Ein ‚Unsichtbarer Chor' singt das das Stück beschließende Sonett (*Das schöne Reich liegt fern im Meeresgrunde* …). Es ist eine Travestie des Sonetts ‚Calderone' von Friedrich von Schlegel, das in ‚Des Dichters Küchengarten' abgedruckt wird (S. 112). In der Fassung des ‚Nachspiels' sind alle

102 Novalis, Bd. 2 (wie Anm. 97), S. 765 Nr. 90.

103 Schütz, Graf und die Gräfin (wie Anm. 94), S. 54, Z. 10–S. 56, Z. 12.

104 Novalis, Bd. 2 (wie Anm. 97), S. 703 Nr. 1026.

Reimwörter und einzelne Verse fast unverändert erhalten geblieben[105].

Eine Anmerkung zum ‚Nachspiel' offenbart als Vorlage dieses *Versuch*[s] *eines dramatischen Gedichts in Sonetten* das *Trauerspiel Egidio im Dichtergarten*, ein *sinnige*[s] *Product genialer Weiblichkeit*. Ihm selbst gebühre, so der Herausgeber, *ob der zum erstenmahle versuchten Totalität der Form ... der schönste Karfunkelstein oder ein Exemplar des Dichtergartens als Preis*. Gemeint ist mit der Vorlage ‚Egidio und Isabella, Ein Trauerspiel in drei Aufzügen' von Sophie Bernhardi (1775-1833)[106], Schwester von Ludwig Tieck, wo ein böser Geist den Helden zu einer ähnlichen Verführung seiner Geliebten anstiftet. Das Stück erschien 1807 als Teil des in Würzburg gedruckten ‚Dichter-Gartens. Erster Gang. Violen'. Hinter dem Herausgebernamen Rostorf verbirgt sich Karl von Hardenberg (1776-1813), jüngerer Bruder von Novalis (1772-1801), dessen Dichtungen er verkürzend und auf den Katholizismus hinlenkend epigonal weiterführte[107]. Wei-

105 Debon, Fragmente (wie Anm. 54), S. 75.
106 Killy Literaturlexikon (wie Anm. 7), Bd. 1, S. 487-489.
107 Literaturlexikon, Bd. 10 (wie Anm. 42), S. 26f.; Dichter-Garten. Erster Gang. Violen. Herausgegeben von Rostorf (Karl Gottlob Albrecht von Hardenberg). Faksimiledruck nach der Ausgabe von 1807, hrsg. und mit einer Einfüh-

tere Mitarbeiter des Buches waren der wiederum jüngere Bruder Georg Anton von Hardenberg (1781-1825), der den Künstlernamen Sylvester trug, sowie Friedrich von Schlegel. Das Motiv des Karfunkelsteins, dem schon Paracelsus magische Kräfte zugesprochen hatte, taucht in der romantischen Literatur an vielen Stellen auf. Für Novalis selbst symbolisierte er Verwandlung und Liebe. In seiner Nachfolge wurde das Motiv unter anderem von Loeben in seinem 1808 erschienenen Roman ‚Guido' sowie von Rostorf verwendet, spielte dagegen aber in der ‚Zeitung für Einsiedler' keine Rolle[108].

‚Des Dichters Küchengarten'

Letzter Hauptteil der ‚Comoedia divina' ist die Satire ‚Des Dichters Küchengarten' (S. 105-149), die außer auf Rostorfs ‚Dichter-Garten' auch auf Arnims ‚Freyen Dichtergarten' in der ‚Zeitung für Einsiedler' anspielt. Hier finden sich neben Prosaauszügen und Gedichten romantischer Autoren auch Parodien von deren Werken. Das einleitende

rung von Gerhard Schulz, Bern u. a. 1979 (Seltene Texte aus der deutschen Romantik 2), hier S. 5*-16*, 30*-32*.

108 Novalis, Bd. 3: Kommentar, von Hans Jürgen Balmes, München/Wien 1987, S. 130; Theodore Ziolkowski, Der Karfunkelstein, in: Euphorion 55 (1961), S. 297-326.

Gedicht travestiert die romantische Garten- und Blumenmetaphorik im Anschluss an die *Violen*:

Viel Blümlein sich im Gärtlein mir erschliessen,
Und strebt ihr Leben tief in mich hinein,
Dazwischen Scherblein von Karfunkelstein,
Dass mir das Herz vor Sehnsucht will zerfliessen;
Und sich einander Kohl und Erbsen grüssen,
Und beten still im goldnen Abendschein,
Und Englein schlüpfen aus des Himmels Schrein,
Und Knoblauch, Rettich, alles will entsprießen …

Es schließen sich die zwei ‚Darinel'-Sonette *Vom Verf. des Lacrimas* an, die aus Wilhelm von Schütz' ‚Romantischen Wäldern' stammen[109]; das erste wird unter Beibehaltung der Reimwörter parodiert mit erneuten Anspielungen auf Novalis' *nasse Flamme*, das Waldhorn und den Wahnsinn. Es folgt Friedrich von Schlegels Sonett ‚Calderone' (S. 112), das in Rostorfs ‚Dichtergarten' erschienen[110] und bereits im ‚Nachspiel' travestiert worden war. Zitate aus den Werken von Novalis, die ebenfalls teils bereits für den ‚Sündenfall' ver-

109 Wilhelm von Schütz, Romantische Wälder, Berlin 1808, S. 120f.

110 Rostorf, Dichter-Garten (wie Anm. 107), S. 18; Friedrich Schlegel, Dichtungen und Aufsätze, München/Wien 1984, S. 226.

wendet worden sind, werden unter dem das Karfunkelmotiv lächerlich machenden Titel ‚Bunte Steinchen und Glass[c]herben aus Novalis' dargeboten[111]. Hieran schließen sich mit dem ‚Chor aus der Niobe' sowie den ‚Klatschrosen aus der Niobe' zwei Auszüge aus diesem Werk von Schütz an[112], gefolgt von einer Strophe aus dem ‚Trost-Lied' Rostorfs sowie einem ‚Sonnet' Sylvesters jeweils aus dem ‚Dichter-Garten'[113]. Das hierauf abgedruckte ‚Lied nach einer Sternenmelodie' von Franz Lassaulx aus dem ersten Band seines Romans ‚Albano Giuletto' ist die Vorlage der von Hornwunder in der ‚Leipziger Messe' rezitierten Parodie (S. 50-53). In einer vergleichsweise ausgewogenen Rezension dieses Werks in der ‚Allgemeinen Literatur-Zeitung' wurde dieses Gedicht schon als *Reimgekritzel* abqualifiziert[114].

111 Novalis, Bd. 2 (wie Anm. 97), S. 497 Z. 3f., S. 555 Nr. 420, S. 719 Nr. 1144, S. 487 Nr. 81, S. 510 Nr. 211, S. 453 Nr. 30, S. 494 Nr. 117, S. 677 Nr. 869, S. 829 Z. 7, S. 717 Nr. 1133, S. 706 Nr. 1057, S. 765 Nr. 90, S. 537 Nr. 344, S. 814 Nr. 357.

112 Schütz, Niobe (wie Anm. 94), S. 13 V. 5-21, S. 17 V. 23-28, S. 18 V. 1-4, S. 25 V. 5-10, 23-27.

113 Rostorf, Dichter-Garten (wie Anm. 107), S. 97, 49.

114 Franz Lassaulx, Albano Giuletto. Ein Roman. Erster Theil, Koblenz 1802, S. 170-173; Allgemeine Literatur-Zeitung, 16. Oktober 1807, Nr. 248, Sp. 741-743.

Der nächste Block von Gedichten und Prosa vereinigt Werke von Loeben/Isidorus Orientalis und Friedrich von Schlegel. ‚Süddutf' stammt aus den ‚Blättern aus dem Reisebüchlein eines andächtigen Pilgers' von Loeben[115]. Die boshafte Gartenmetaphorik wird mit den ‚Todtenblumen aus der Lucinde' Schlegels mit Auszügen zur Sexualität und zum Müßiggang fortgeführt[116]. Es folgen drei weitere Dichtungen aus Loebens ‚Blättern aus dem Reisebüchlein eines andächtigen Pilgers', ‚An Friedrich Schlegel', ‚An Tiek' sowie ‚Dithyrambe'[117], letztere mit den bereits von Hornwunder zitierten Versen *Göttlicher Wahnsinn …* Eine Fußnote charakterisiert den ersten Text als Zeugnis für die *eigne Sprache unsrer Romantiker.* Mit erneutem Verweis auf seinen Künstlernamen Lacrimas werden dann mit ‚Raimund' und ‚Leucadio' zwei Gedichte von Schütz aus seinen ‚Romantischen Wäldern' abgedruckt[118].

115 Loeben, Blätter (wie Anm. 13), S. 160.

116 Friedrich Schlegel, Lucinde. Ein Roman. Studienausgabe. Kritisch hrsg. … von Karl Konrad Pohlheim, Stuttgart 1999, S. 19, 22, Paraphrase nach S. 29 u. 31, S. 40 f., 51.

117 Loeben, Blätter (wie Anm. 13), S. 167 f., 164, 204-207.

118 Schütz, Romantische Wälder (wie Anm. 109), S. 128, V. 1-16, S. 149.

Im Zentrum der nächsten Gruppe von Dichtungen stehen Karl Rottmanner (1783-1824)[119] und Friedrich von Schlegel. Neben Friedrich Ast zählte Rottmanner zu den wichtigsten Personen der Landshuter Romantik. Im Gefolge Schlegels publizierte er in seiner 1808 erschienenen Schrift ‚Kritik der Abhandlung F. H. Jacobis über gelehrte Gesellschaften, ihren Geist und Zweck' gegen Friedrich Heinrich Jacobi und dessen Ideal des spätaufklärerischen Protestantismus zugunsten einer Aufwertung des katholischen Mittelalters, das er auch durch die Edition mittelhochdeutscher Texte nach Handschriften aus den Bibliotheken in Landshut und München zu rehabilitieren versuchte. Nachdem am 23. Juli 1808 in der ‚Zeitung für Einsiedler' durch Vermittlung von Görres Gedichte des Landshuter romantischen Freundeskreises erschienen waren, richtete dieser am 22. August 1808 ein enthusiastisches, auch von Rottmanner unterzeichnetes Schreiben an den *verehrungswürdige*[n] *Meister* Görres in Heidelberg. Creuzer charakterisierte diese lyrischen Versuche als *zum Teil sehr schlechte … Gedichte*[120].

119 Literaturlexikon (wie Anm. 42), Bd. 10, S. 48; Debon, Fragmente (wie Anm. 54), S. 87-92.

120 Görres, Leben und Werk (wie Anm. 12), Nr. 56; Philipp Funk, Von der Aufklärung zur Romantik. Studien zur

Im ‚Morgenblatt für gebildete Stände' war am 14. Januar 1808 unter dem Titel ‚Für die Romantiker' ein massiver Angriff von Voß auf die Romantik erschienen. Er warf einem *Schwarm junger Kräftlinge* vor, des *Alterthums freye*[n] *Genius* zugunsten des Mittelalters gering zu schätzen und dem *Klassischen das wilde Romantische, dem Antiken das Moderne*, und, mit Bezug auf Rottmanners Schrift gegen Jacobi, dem *Heidnischen … Christkatholisches* vorzuziehen. Um dem *nachgegaukelten Veitstanze* und den *erkünstelten Verzuckungen jener abenteuerlichen Romantiker* Einhalt zu gebieten, veröffentlichte er als *Parodie eines verdeutschten Mönchsliedes* August Wilhelm von Schlegels Dichtung ‚Vom jüngsten Gericht' (*Jenen Tag, den Tag des Zoren …*), eine Übersetzung von *Dies irae, dies illa* von Thomas von Celano, zusammen mit der von ihm geschaffenen Travestie ‚Bußlied eines Romantikers' (*Alles, was mit Qual und Zoren …*)[121]. Görres schrieb

Vorgeschichte der Münchener Romantik, München 1925, S. 130-132.

121 Morgenblatt für gebildete Stände, 14.1.1808, Nr. 12, S. 45 f.; August Wilhelm von Schlegel, Sämmtliche Werke, hrsg. von Eduard Böcking, Bd. 3: Poetische Uebersetzungen und Nachbildungen nebst Erläuterungen und Abhandlungen, Teil 1, Leipzig 1846, Nachdruck Hildesheim/New York 1971, S. 191-193; Fambach, Rückfall (wie Anm. 28), S. 18-20; Johann Heinrich Voß, Ausge-

als Reaktion darauf noch im Januar 1808 an seine Familie, Voß sei nun *vollends toll* geworden[122].

Rottmanner antwortete angesichts dieser direkt gegen ihn gerichteten Polemik nach einer auf Februar datierten Vorankündigung Asts im ‚Intelligenzblatt' des ‚Morgenblatts'[123] mit einem Beitrag ‚Für Herrn J. H. Voss' in der ‚Zeitschrift für Wissenschaft und Kunst', in dem er mit dem Begriff der *alten Schwächlinge* konterte und Voß' Vorwurf, die Romantik würde die Klassiker gering schätzen, zurückwies. Weiter warf er dem Heidelberger Philologen, der sich als Dichter nur von der *mittelmäßigen Seite* zeige, dessen *gemeinste … und niedrigste … Schmähungen gegen die katholische Religion* vor[124]. Vor dem Hintergrund dieses

wählte Werke, hrsg. von Adrian Hummel, Göttingen 1996, S. 323-326. Schlegels Gedicht wurde in gekürzter Form von Joseph Freiherrn von Eichendorff in sein 1828 erschienenes Trauerspiel ‚Ezelin von Romano' integriert; Joseph von Eichendorff, Gedichte, Teil 2: Verstreute und nachgelassene Gedichte, Text, hrsg. von Ursula Regener, Tübingen 1997 (Sämtliche Werke des Freiherrn Joseph von Eichendorff I,3), S. 258.

122 Görres, Familienbriefe (wie Anm. 10), S. 500f.

123 Morgenblatt für gebildete Stände 1808, Intelligenzblatt, Nr. 5, S. 20.

124 Karl Rottmanner, Für Herrn J. H. Voß, in: Zeitschrift für Wissenschaft und Kunst 1 (1808), 2. Heft, S. 149-154; Fambach, Rückfall, S. 21-24; Klaus Berthel/Roland Bärwinkel, „Lernt ihr erst fühlen in diesem Frühling …".

Schlagabtausches ist das Gedicht ‚An Rottmanner' in der ‚Comoedia divina' zu sehen. Es ist eine Antwort sowohl auf die Entgegnung Rottmanners in der ‚Zeitschrift für Wissenschaft und Kunst' als auch auf dessen Gedicht ‚Jetzige Teutschheit' in seiner 1808 publizierten Gedichtsammlung ‚Frühlingsblumen', das sich gegen die Dominanz des Protestantismus und der Klassik richtete:

Sagt mir, was ist doch die Teutschheit,
die jetzt so schmäht und sich klaget,
Bald mit Luthertum prahlt,
bald mit hellenischem Geist,
Immer posaunt was sie war;
nichts ist, und werden auch nichts will,
Zwietracht, blöden Beginns,
weckt in dem eigenen Volk …[125]

Die Heidelberger Romantiker und ihre Fehde mit Johann Heinrich Voß und dem Stuttgarter „Morgenblatt für gebildete Stände" (1806-1810). Romantische und antiromantische Manifeste, Satiren und Zeitschriften im Bestand der Weimarer Herzogin-Anna-Amalia-Bibliothek, in: Historische Bestände der Herzogin Anna Amalia Bibliothek zu Weimar. Beiträge zu ihrer Geschichte und Erschließung. Redaktion: Konrad Kratzsch u. Siegfried Seifert, München u. a. 1992 (Literatur und Archiv 6), S. 154 f.

125 Karl Rottmanner, Frühlingsblumen, München 1808, S. 117.

Beide Quellen nimmt das Gedicht ‚An Rottmanner' in der ‚Comoedia divina' auf:

Edler Kräftling, Heil dem frommen Muth,
Der das schnöde Luthertum versöhnet [l. verhöhnet]
und den Schatten Hildebrands versöhnet,
Ach, mit Dinte, nicht mit Sachsenblut!

Schüre christlich die romant'sche Wuth,
Horch, wie schon der Bauch der Erde dröhnet,
Und die Höll' in Assonanzen stöhnet,
Lechzend nach der neuen Heidenbrut.

In die Rechte nimm des Dreschers Flegel,
Mit der Linken schwing den Rosenkranz,
Und beginne keck den Heldentanz!

Sprich das Credo nach von Friedrich Schlegel,
Und Apoll wird scheu mit Luther flieh'n,
Und Lucinde keusch ins Bett dich zieh'n.

Es schließt sich Friedrich von Schlegels Gedicht ‚Im Walde' in umgekehrter Strophenreihenfolge an (S. 136 f.)[126]. Die erläuternde Anmerkung (S. 148 f.) bezeichnet das *ganze Gedicht* als *Druckfehler*; dieser *närrische Zufall*, so Schreiber

126 Schlegel, Dichtungen (wie Anm. 110), S. 227.

ironisch weiter, habe aber eine *köstliche Entdeckung ans Licht gefördert: Man kann nämlich die göttlichen Lieder unsrer irdischen Sänger nach jeder Richtung lesen, auch damit anfangen und aufhören, wie man will, und man hat immer ein ganzes, organisch vollendetes Werk*. Ähnlich *genialische Kunststücke* kämen auch bei den *alten Mahlern* vor: *In Merians Todtentanz ist ein Blatt, welches das Bildniss eines stattlichen Romantikers vorstellt, mit einem Knebelbart und einer schönen Halskrause; kehrt man das Bild um, so ists ein fletschender Todtenkopf, der seine Beschauer angrinzt, wie der Berichterstatter im Einsiedler*. Diese Anspielung auf den in den ‚Correspondenznachrichten' Bericht erstattenden Görres nimmt Bezug auf ein den ‚Totentanz' von Matthäus Merian beschließendes Vexierbild (Abb. 3)[127].

Das nächste Gedichtpaar in ‚Des Dichters Küchengarten' besteht aus Rottmanners Dichtung ‚Entsagung'[128] sowie der parodistischen ‚Antwort', bei der die Reimwörter beibehalten sind und der romantische Dichter zur Entsagung vom *tollen Streben* aufgefordert wird. Eine doppelte Parodie knüpft sich an das hierauf folgende Gedicht

127 Lucas Heinrich Wüthrich, Das druckgraphische Werk von Matthaeus Merian d. Ae., Bd. 3: Die grossen Buchpublikationen I, Hamburg 1993, S. 356 Nr. 44.

128 Rottmanner, Frühlingsblumen (wie Anm. 125), S. 113.

Non Sum sicut Cæteri homines. Luc 18.
Diues sum et locupletatus et nullius egeo Apo 3
Ich bin nicht wie die andere Menschen, Luc 18.
Ich bin Reych, wol häbig, und bedarff Keines Menschen Apo 3

Abb. 3

‚An Calderon' von August Wilhelm von Schlegel an, das mit einer verballhornenden Erläuterung des Wortes *Gloria* (statt *Glorie*) wiedergegeben wird[129]. Rottmanner hatte dasselbe Gedicht in seine ‚Frühlingsblumen' aufgenommen und ihm als Entgegnung auf die Voßische Persiflage von August Wilhelm von Schlegels ‚Dies irae' im ‚Morgenblatt' die Parodie ‚An J. H. Voß' gegenübergestellt, die teils mit denselben Reimwörtern arbeitet:

In deiner Dichtung Labyrinth versunken,
Wo in des ew'gen Eises Winterflore
Die Schönheit Erde wird, die Lieb' Hallore,
Und alle Blumen Schilf der Frösch' und Unken.

O Heinrich Voß! du hier schon Lethe-trunken
Herold der Flachheit, Unke nun im Chore!
Sey dir mein Ruf gesandt zum dumpfen Ohre,
Und ew'ger Fluch der Musen zugetrunken.

Doch welcher Trank mag dazu würdig dienen,
Von allem, was umarmt von matten Sonnen
Aus Trauben ihres Busens träuft die Erde?

129 August Wilhelm von Schlegel, Sämtliche Werke, hrsg. von Eduard Böcking, Bd. 1: Poetische Werke, Leipzig 1846, Nachdruck Hildesheim/New York 1971, S. 372; Minor, Literatur-Pasquille (wie Anm. 32), S. 258.

Nur jene Reb', an Naumburgs Wasserbronnen
Entsproßt, daß sie in täuschenden Rubinen
Lacrima Petri, saurer Essig werde[130].

Diese Travestie wird dann in der ‚Comoedia divina' unter dem Titel ‚An den Parodisten des vorstehenden Gedichts' mit Verweis auf Rottmanners Werk erneut persifliert (*Wie bist du doch in Tollheit tief versunken* …). Es schließen sich unter dem Titel ‚Mohnköpfe', sicherlich angeregt durch die in Görres' ‚Correspondenznachrichten' erwähnten *Mohrenköpfe*, fünf Auszüge aus den ‚Aphorismen über die Kunst' an[131]. Eine Betrachtung über die Zeugung wird mit einer Anmerkung glossiert, dass die *Damen* auf dieser Grundlage *einsehen lernen, wie wichtig das Studium der Aesthetik auch für sie sey*, worin wiederum ein Bezug zu Schreibers Heidelberger Lehrfach zu sehen wäre. Noch einmal folgt ein Sonett mit seiner Parodie (S. 144 f.), das Liebeslied ‚An Th.' von Friedrich Ast[132], dem die Antwort des Mädchens ‚Th. an A.' mit denselben Reimwörtern gegen-

130 Rottmanner, Frühlingsblumen (wie Anm. 125), S. 126 f.
131 Görres, Geistesgeschichtliche und literarische Schriften (wie Anm. 9), S. 315; Görres, Aphorismen (wie Anm. 69), S. 109, 110, 113, 194, 227.
132 Friedrich Ast, An Th., in: Zeitschrift für Wissenschaft und Kunst 1 (1808), 1. Heft, S. 78.

übergestellt wird. Den Schluss von ‚Des Dichters Küchengarten' bildet das Gedicht ‚An den Bärenhäuter', das sich auf Brentanos ab dem 15. Juni in der ‚Zeitung für Einsiedler' erscheinendes Werk ‚Geschichte und Ursprung des ersten Bärnhäuters' bezieht. Dieses Gedicht wie auch die Rottmanner-Parodie auf S. 139 der ‚Comoedia divina' ist mit dem Pseudonym *Sirius* gezeichnet, das dann auch im ‚Karfunkel oder Klingklingel-Almanach' von Jens Baggesen (s. unten) auftaucht und wohl von Aloys Schreiber verwendet wurde[133]. Das Schlusswort der ‚Comoedia divina' kommt im Gewande eines ‚Varianten' betitelten, tatsächlichen und satirischen Druckfehlerverzeichnisses daher: *Im lieblichsten Garten hat das Völklein der Insecten immer am ausgelassensten sein Spiel. Auch meine schönen Kohlstauden, Rettige, Mohnköpfe, und wie die nahrhaften Gottesgeschöpfe sonst heissen, sind von den winzigen, romantischen Dingerchen nicht unberührt geblieben, oder mit andern Worten, der Sinn einiger der trefflichsten Stellen ist nach allen Dimensionen durch Druckfehler entstellt worden.* Allerdings habe er, so der Herausgeber, bei der Korrektur die Erfahrung gemacht, *dass ein ächtes und rechtes romantisches Poem*

133 Biehler, Schreiber (wie Anm. 42), S. 645; Debon, Fragmente (wie Anm. 54), S. 78.

durch Druckfehler nicht leicht etwas am Sinn verliere.

Reaktionen auf die ‚Comoedia divina'

Bereits am 11. August 1808 erschien der erste von drei Teilen einer überaus ausführlichen Rezension der ‚Comoedia divina' im ‚Morgenblatt', die das Werk erwartungsgemäß hymnisch pries und von Michaelis verfasst wurde[134]. Die *wahrscheinlich erst eben erschienene* Komödie wäre für alle jene von Interesse, denen die *Richtung des Geistes der aufblühenden und bildungsfähigen Jugend nicht gleichgültig* sei. Angesichts der *beyspiellose*[n] *Schief- und Verzerrtheit einiger schwindelvollen und nebelmachenden Skribenten* handele es sich bei der ‚Comoedia divina' in *Ansehung ihrer hohen Trefflichkeit als Kunstwerk* zugleich um ein *kräftige*[s] *Antidot gegen die unter uns wüthende und vornehmthuende Tollhäuslerei.* Der Rezensent gibt danach den Inhalt des Buches ausführlich wieder, wobei an vielen Stellen auf die Werke Görres' verwiesen und Novalis als *im Schlamme der Unzucht versunkener Philosoph* abqualifi-

134 Morgenblatt für gebildete Stände, 11.-13.8.1808, Nr. 192-194, S. 765f., 770f., 774-776; Martin, Polemik (wie Anm. 12), S. 437 Anm. 34.

ziert wird. Angesichts der *die öffentlichen Sitten beleidigend*[en] Zitate in der ,Comoedia divina' müsse man sich vor dem Wiederabdruck hüten, um nicht der *Censur* zu verfallen. Die Besprechung endet mit einem Lobpreis von ,Des Dichters Küchengarten'. Diese *seltsame ... Anlage* habe der Herausgeber aus einer *Schofel-Sammlung* bepflanzt und jeweils den *ursprünglichen Besitzer* bezeichnet.

Am 21. September 1808 erschien im ,Intelligenzblatt' der ,Jenaischen Allgemeinen Literatur-Zeitung' eine kurze, auf das ,Morgenblatt' verweisende Besprechung. Es handele sich bei dem anzuzeigenden Werk um eine radikale *Cur gegen den mystischen St. Veitstanz, der einiges junges Volk auf unserer literarischen Tenne ergriffen hat, und deren Bockssprünge ... mitunter sogar von alten Knaben nachgemacht werden*[135]. Eine ausführliche Würdigung erschien dann am 21. Januar 1809 in der ,Jenaischen Allgemeinen Literatur Zeitung' selbst[136], die ganz dem Tenor des ,Morgenblatts' folgt. Die ,Comoedia divina' richte sich gegen den *ekelhaften Mysticismus einiger Schwächlinge, der sich zu dem Mysticismus*

135 Intelligenzblatt der Jenaischen Allgemeinen Literatur-Zeitung, 21.9.1808, Nr. 66, Sp. 551.

136 Jenaische Allgemeine Literatur-Zeitung, 21.1.1809, Nr. 18, Sp. 139-143.

z. B. des katholischen Fénélon oder des protestantischen Spener verhält, wie der Taranteltanz zur Begeisterung in den bacchantischen Mysterien. Angegriffen würde in dieser Satire weiter die *Bilderkrämerey* des *sogenannten philosophisch-ästhetischen Werkes* von Görres, seine ‚Aphorismen über die Kunst', das Sonett als *Unfug des Klingklangs und des erbärmlichen Schellengeläutes des unserer Literatur aufgezwängten poetischen Fremdlings* sowie der *an der Tagesordnung stehende … Orientalismus.* In ‚Des Dichters Küchengarten' fände man statt *Blumen … Nesseln und Disteln der neuesten Poesie, wie von Wuthkraut und Schierling des neuesten philosophischen Wahnsinns.* Nach einem Seitenhieb auf die ‚Zeitung für Einsiedler', die als *verlorne*[s] *Blatt* abgetan wird, resümierte der Rezensent, dass ihm die *Geissel der Satyre bey weitem nicht geeignet scheine, solchen Unfug, wie er es verdient, zu behandeln.*

Friedrich Ast hatte sich schon 1808 gegen die ersten Angriffe im ‚Morgenblatt' auf seine Zeitschrift zur Wehr gesetzt[137]. Eine heftige Stellungnahme gegen die *Boshaftigkeit, Grobheit und un-*

137 Friedrich Ast, Für den Correspondenten im Morgenblatte und dessen Consorten in den Miszellen für die neueste Weltkunde, in: Zeitschrift für Wissenschaft und Kunst 1 (1808), 2. Heft, S. 154-156.

begreifliche Albernheit der so häufigen Ausfälle gegen mich und meine Zeitschrift in der Comoedia divina, dem Morgenblatte, dem Jason findet sich dann im ersten Heft des Jahrgangs 1809 in einem ‚Schreiben an Herrn L.'[138]; vielleicht war damit Loeben gemeint. Was gehe, so Ast, *über die Frechheit und boshafte Dummheit der Comoedia, die, den Namen des göttlichen Dante befleckend, divina sich nennt, da sie doch, wie Sie bemerken, diabolica heissen sollte; denn teuflisch ist die Heimtücke, die boshafte Verläumdung und Verdrehung selbst in das Unflätige und Obscöne, was vor allem den Verfasser der Comoedia als einen verworfenen Menschen charakterisirt.* Trotz der Polemik gegen ihn und Rottmanner halte er Voß, einen *Mann von Würde und Ehre*, nicht für den direkten Urheber der Satire; *aber ein Vossischer Jünger ist zuverlässig der Urheber dieser Angriffe, wenigstens der vom Pöbel mit lautem Beifall aufgenommenen, für sich selbst aber betrachtet höchst elenden, witz- und geistlosen Comoedia; und dieses plattdeutsche Vösslein, das oberdeutsch Füchslein heissen würde, ist ein Mensch von heimtückischer, hämischer Gemüthsart, ein schleichender Duckmäuser, der für jeden,*

138 Friedrich Ast, Schreiben an Herrn L., in: Zeitschrift für Wissenschaft und Kunst 2 (1809), 1. Heft, S. 123-126.

welcher ihn kennt, hinlänglich hiermit bezeichnet ist.

Das Dictum *Dass Calvin den Servet braten liess, war die höchste Religiosität* in der dritten Vorrede der ‚Comoedia divina', das zudem die beiden großen Rezensionen glossiert hatten, löste eine kleine Kontroverse aus. Dieser von Schreiber einem *berühmten protestantischen Lehrer … der Kirchengeschichte* zugeschriebene Satz steht wohl in einem Zusammenhang mit dem auf Michaelis zurückgehenden ‚Schreiben eines Studirenden auf der Universität [Heidelberg]' im ‚Morgenblatt' vom 11. März 1808, wo als Lehrfach die *Kirchengeschichte nach der eigenthümlichen Ansicht des genialen Professors* … erwähnt wird. Im Wintersemester 1807/08 und im Sommersemester 1808 lehrte der Theologe Philipp Konrad Marheineke (1780-1846) diese Fächer, im Winter unter anderem *Geschichte der Reformation*[139]. Der in Hildesheim geborene Marheineke hatte in Göttingen studiert und 1807 einen Ruf nach Heidelberg

139 Anzeige der Vorlesungen, welche im Winterhalbenjahre 1807-1808 auf der Großherzoglich Badischen Ruprecht-Karolinischen Universität zu Heidelberg gehalten werden sollen, Heidelberg [1807], S. 3; Anzeige der Vorlesungen, welche im Sommerhalbenjahre 1808 auf der Großherzoglich Badischen Ruprecht-Carolinischen Universität zu Heidelberg gehalten werden sollen, Heidelberg [1808], S. 3.

erhalten. Hier schloss er sich dem romantischen Kreis der Stadt an, zu dem auch der Theologe Karl Daub gehörte, und wirkte an Creuzers Zeitschrift ‚Studien' mit[140]. Mit einiger Wahrscheinlichkeit richtete sich diese Spitze gegen ihn.

Im Mai meldete sich der ebenfalls dem Kreise der Romantik zuzurechnende klassische Philologe August Boeckh (1785-1867) zu Wort, um den auch von ihm nicht namentlich genannten *protestantischen Lehrer* zu verteidigen[141]. Der Ausspruch selbst gehe auf Melanchthon zurück, Calvin habe sicherlich *aus Religiosität jene That begangen*, das Zitat sei aber dem *angebliche*[n] *Religions lehrer* nur *durch Klätscherey und übelwollende Verdrehung angedichtet* worden und keinesfalls ein Zeichen von *Katholicismus oder Jesuitismus.* In der Stellungnahme spiegelt sich das Gerücht, dass die ‚Comoedia divina' verboten worden sei, da Boeckh berichtete, es sei ihm nicht gelungen, des *confiscirte*[n] *Lustspiel*[s] *habhaft zu werden.* Der anonyme *Recensent der Comoedia Divina* in der ‚Jenaischen Allgemeinen Literatur-Zeitung'

140 Neue Deutsche Biographie (wie Anm. 84), Bd. 16, S. 172-174; Killy Literaturlexikon (wie Anm. 7), Bd. 7, S. 688.

141 Intelligenzblatt der Jenaischen Allgemeinen Literatur-Zeitung, 13. Mai 1809, Nr. 36, Sp. 311 f.; Killy Literaturlexikon (wie Anm. 7), Bd. 2, S. 21 f.; Steig, Zeugnisse (wie Anm. 47), S. 218 Anm. 1.

antwortete einen Monat später im gleichen Blatt mit einem persönlichen Angriff auf Boeckh[142]. Die ‚Comoedia divina' habe ein *auffallendes Paradoxon von einem berühmten Prof. der Kirchenhistorie* angeführt, *ohne einen Namen zu nennen*, und nun trete Boeckh auf und versichere, er kenne einen *sehr achtungswerthen Mann, der so etwas nicht gesagt habe.* Von einem Verbot des Werks sei ihm zudem nichts bekannt. Arnim schrieb am 5. Juli 1809 an Boeckh, dessen *Anzeige gegen die divina comoedia* habe ihm *viel Freude* gemacht[143]. Im Dezember meldete sich dann Johann Heinrich Voß' Sohn Heinrich Voß zu Wort mit einer ‚Erklärung', gemäß der er weder Verfasser der Rezension noch der Antwort auf Boeckh gewesen sei[144]. Eher positiv urteilte schließlich Jean Paul über die ‚Comoedia divina', der in einer Rezension für die ‚Heidelbergischen Jahrbücher' anmerkte, der *Einfall von einem Chore singender Infusionsthierchen* in einer *neuern Satire* sei *köstlich*[145].

142 Intelligenzblatt der Jenaischen Allgemeinen Literatur-Zeitung, 14.6.1809, Nr. 43, Sp. 374-376.

143 Steig, Zeugnisse (wie Anm. 47), S. 217 f. Nr. 30.

144 Intelligenzblatt der Jenaischen Allgemeinen Literatur-Zeitung, 2.12.1809, Nr. 70, Sp. 688.

145 Jean Pauls Sämtliche Werke. Historisch-kritische Ausgabe, Abt. 1, Bd. 16: Museum. Ueber die deutschen Doppelwörter. Kleine Bücherschau, hrsg. von Eduard Berend, Weimar 1938, S. LII f., S. 391.

Die Protagonisten der Heidelberger Romantik setzten sich mit Satiren in der ,Zeitung für Einsiedler' gegen die Angriffe im ,Morgenblatt' und dann auch gegen die ,Comoedia divina' zur Wehr. Die literarische Fehde begann mit der bereits erwähnten Schrift ,Geschichte und Ursprung des ersten Bärnhäuters' von Brentano, die ab dem 15. Juni veröffentlicht und worin unter anderem der Verleger des ,Morgenblatts' als *Messalinus Cotta der breite Gänsefüßler* persifliert wurde. In einer Fußnote zu einer Übersetzung aus dem Dänischen von Wilhelm Grimm in der Ausgabe vom 18. Juni werden in satirischer Absicht ein *junge*[r] *Kräftling* sowie *Zeitungsschreiber* erwähnt. Nachdem Voß Burgers Sonette Anfang Juni 1808 in der von Heinrich Karl Eichstädt herausgegebenen ,Jenaischen Allgemeinen Literatur-Zeitung' herabgesetzt hatte[146], publizierte Görres am 29. Juni ,Die Sonnettenschlacht bei Eichstädt'[147], an die sich die Satire ,Der Einsiedler und das Klingding, nach der Schlacht bei Eichstädt' aus der Feder Arnims anschloss. Bezüge zu der Fehde zeigt auch die Dichtung ,Der an seinem Witz verzweifelte Jupi-

146 Jenaische Allgemeine Literatur-Zeitung, 1.-4.6.1808, Nr. 128-131, Sp. 409-440; Fambach, Rückfall (wie Anm. 28), S. 225-253; Brentano/Arnim, Briefe (wie Anm. 26), Nr. A 47.

147 Görres, Geistesgeschichtliche und literarische Schriften (wie Anm. 9), S. 309 f.

ter' vom 2. Juli von Arnim. Am 30. August wurde die ‚Zeitung für Einsiedler' mit der 37. Nummer eingestellt. Während sich in den letzten Ausgaben dieses Blattes mit Ausnahme der Dichtungen der Landshuter Studenten und Arnims ‚Rundgesang gegen Unterdrücker des Werdenden in der Literatur' am 23. Juli kaum Spuren der literarischen Auseinandersetzung fanden, wurden zwei bereits die ‚Comoedia divina' rezipierende Satiren von Arnim und Görres zu einer ‚Beylage zur Zeitung für Einsiedler' vereinigt. Bei Arnims ‚Geschichte des Herrn Sonet und des Fräuleins Sonete, des Herrn Ottav und des Fräuleins Terzine' aus 93 Sonetten wird jede Dichtung anfänglich von einem Rezensenten kritisiert, der aber bereits bei Nr. 18 einschläft, im Reimschema schnarcht und durch *Adjudanten* und andere *alte … Menschen* ersetzt werden muss. Teilweise handelt es sich um Zitate aus dem bereits erwähnten Angriff von Voß auf Bürgers Sonette[148]. Bei Sonett Nr. 39 lässt der Rezensent keine *Parodie*, sondern das *Original* abdrucken, *das giebt eine göttliche Komödie*. Nun will der *alte Recensent* selbst *eine Comödie gegen das neue Unwesen … schreiben* (Nr. 41), was wiederum seinen Nachfolger zur Verzweif-

148 Pfaff, Tröst Einsamkeit (wie Anm. 23), S. 351-357 mit Einzelnachweisen.

lung bringt: *Ach weh, ach weh! unser alter Veteran fällt immer mehr aus dem Ton, das Schauspiel wird ganz unverständlich, und leer bleibt's, und wenn er auch noch so viel Spässe von andern hinein stiehlt. Er kann den Styl nicht finden. Ach weh, und die Parodieen enthalten auch nichts, als was man Retourchaisen nennt. Das wird uns allen schaden* (Nr. 49). Auf Görres geht dann ‚Des Dichters Krönung. Eine dramatische Idylle' zurück[149], in der eingangs direkt auf die ‚Comoedia divina' und ihre mutmaßlichen Verfasser Bezug genommen wird: *Ein Duckmäuser, Lebküchler von Profession, zugleich Wirth aus Nro. 2 in Pompeyi mit dem bekannten Schilde, zwey Pflastertreter, eine Lumpenpuppe und ein aus dem Griechischen übersetzter Bauernbube, hatten sich vereinigt, dem Publicum auf ihre Unkosten ein Schauspiel zu geben; sie kündigten es unter dem Namen divina comoedia an.* Mit der Lumpenpuppe oder dem Duckmäuser – letzteren Begriff nutzte auch Friedrich Ast – wird Schreiber gemeint sein, mit dem Bauernbuben Voß[150]. Die Anspielung auf den *Lebküchler* findet sich noch einmal in einem Brief von Görres an seine Familie in Koblenz

149 Görres, Geistesgeschichtliche und literarische Schriften (wie Anm. 9), S. 297-304.

150 Schneider, Beiträge (wie Anm. 36), S. 58.

vom April 1808: *jeder Lebkuchenbäcker macht einem für zwei Kreuzer ein süßes Maul*[151]. Die Satire berichtet unter Einbeziehung des Uhrmachers BOGS und des Hundeschnauzen-Motivs von der Beschießung des *Carfunkelberg*[s] der Romantiker von der *hohe*[n] Warte des *hyperborische*[n] *Horribiliscribifax* Voß. In Analogie zum in der ‚Comoedia divina' verwendeten persiflierenden Verfahren handelt es sich bei seinen gespreizten Reden um tatsächliche Auszüge aus Voß' 1802 erschienenen ‚Sämtlichen Gedichten'[152]. Am Schluss des Werks wendet sich *Peter Hammer als Epilog* direkt an ihn: *Will das Alter, daß mans ehre, so seys auch wie sichs dem Alter ziemt, ernst und würdig und vor allem liebreich, mild; wills aber die schlaffen Sehnen unbesonnen noch zum Kampfe gürten, hohneckts raschere Jugend unverständig, dann nehm's auch was abfällt ruhig hin. Drum werdet künftig klug, ihr pflegtet sonst doch billig, und besonnen noch zu seyn, und jetzo tappt ihr willig, in Albernheit hinein, man wird achten wieder dann an euch, was achtbar ist, jetzt belacht man was belachbar*. Auch in seinem die ‚Zeitung für Einsiedler' resümierenden Schluss-

151 Görres, Familienbriefe (wie Anm. 10), S. 505.
152 Höfle, Morgenblatt (wie Anm. 12), S. 80; Ricklefs, Textproduktion (wie Anm. 1), S. 350.

wort ‚An das geehrte Publikum' äußerte Arnim seinen Unwillen über den *Schulbanne einiger veralteten Männer* und das *trockne altkluge Morgenblättlein.*

Mit Schreiben vom 1. April 1808 hatte Arnim Goethe um Mitarbeit an der ‚Zeitung für Einsiedler' gebeten. Heidelberg sei *an literarischem Scherze … reich*, selten vergehe *ein Tag ohne Begebenheit für die beyden Partheyen Voß und Antivoß.* Vossens Intrigen gegen Görres, die ihren Niederschlag im ‚Morgenblatt' gefunden hätten, machten ihm nun aber dessen *Haus verhasst*[153]. Nach dem Ende seiner Zeitung äußerte er sich am 29. September 1808 noch einmal ausführlich über die Heidelberger Zustände: *Der gute Wunsch, den Sie verehrter Beschützer jeder treuen Bemühung, meiner angefangenen Zeitung durch B*[ettina] *Brentano sagen liessen, hat ihr noch einige Zeit das Leben gefristet … Die Polemick, die ich in den Beylagen, Anmerkungen, Vorrede gegen die allerverschiedensten Widersacher ausüben muste, machte mir das Unternehmen widrig, die Correcktur nahm meine Zeit und spickte mich in einer schönen Gegend fest, in der ich doch nach der Abreise meiner Freunde Görres und Brentano wie in einem aussterbenden Kloster hause.*

153 Goethe und die Romantik (wie Anm. 33), S. 125-128.

So laufe ich denn lieber wieder in die Welt und sehe was da Gutes passirt und lasse das Vossische Haus mit seiner ganzen schreibseligen Anhängerschaft noch zehn divina Comoedia schreiben, wie sie gegen mich und meine Freunde ein dickes Buch geschrieben, das wie ein Frachtwagen mit Baumwollensäcken von einem Pferde zum allgemeinen Gelächter bequem fortgezogen wird. Ich habe es beygelegt, damit wenn Sie einmal einen Blick in diese Sachen thäten unser Spott Ihnen nicht ungerecht erschiene. Ich selbst bin unter dem Namen Hornwunder, aus Wunderhorn umgedreht, dargestellt, ich werde mit meiner Zeitung der Betteley beschuldigt … Viel schlimmer sei jedoch, dass Voß versucht habe, *den braven Görres von hier zu verbannen*[154]. Eine der wenigen überlieferten Äußerungen außerhalb Heidelbergs zu dem Konflikt zwischen Görres und Voß findet sich in einem Brief des Philosophen Friedrich Schelling (1775-1854)[155] vom Dezember 1808 an den Aschaffenburger Medizinprofessor Karl Joseph Hieronymus Windischmann. Die *Producte der Einsiedler* würden dem hier weilenden Ludwig Tieck, so Schelling, *bitteres Bauchgrimmen*

154 Goethe und die Romantik (wie Anm. 33), S. 130-136.
155 Neue deutsche Biographie (wie Anm. 84), Bd. 22, S. 652-655.

verursachen, und über Görres' Vorlesungsankündigung aus dem Jahre 1806 urteilte er: *Haben Sie denn Görres wahnsinniges Programm zur Ankündigung seiner Vorlesungen … gesehen? Wie ist es möglich, daß Männer wie Creuzer und Daub einen so wahnwitzigen Mitarbeiter an den Studien und der Universität in ihre Protection nehmen! Vossens Gekreisch und Katzenmusik dazwischen vollendet dies heidelbergische Concert, das jedem gesunden Menschen die Ohren zerreißt*[156]. Auch aufgrund Schellings Widerstand zerschlugen sich Görres' etwa zeitgleiche Hoffnungen auf eine Berufung nach Landshut[157].

Als letzter des Freundeskreises verließ Arnim die Neckarstadt. Am 10. November schrieb er an Görres in Koblenz, *Voß* und *Schreiber* möchten ihn *mit gebogenen Knieen um Verzeihung bitten*, er *zeigte ihnen doch den Rücken*[158]. Die literarischen Fehden fanden allerdings auch damit kein Ende, sondern nahmen mit der verheerenden Rezension von Voß zu Band 2 und 3 der Lieder sammlung ‚Des Knaben Wunderhorn' im ‚Morgenblatt' am 25./26. November 1808 sogar noch eine neue Dimension an. Mit Bezug auf die längst

156 Görres, Leben und Werk (wie Anm. 12), Nr. 72.
157 Brentano/Arnim, Briefe (wie Anm. 26), Nr. B 54.
158 Görres, Freundesbriefe (wie Anm. 41), S. 38.

eingestellte ,Zeitung für Einsiedler' äußerte Voß unter anderem: *Ein solches Singen und Springen der schnackischen Kreuzträger gegen die Griechen und Heiden ihrer zerrütteten Fantasie, erinnert es nicht an das wütige Kauderwelsch jenes, Gottlob! seinen Rausch nun ausschlafenden Einsiedlers?* [159]. Der Angriff führte zu Entgegnungen Arnims und Brentanos, die auch zu Voß' durchaus berechtigten Vorwürfen unphilologischen Vorgehens Stellung nahmen; letztlich verlief die Kontroverse jedoch im Sande.

Obwohl sich die Heidelberger Romantik längst aufgelöst hatte, erschien bei Cotta noch eine weitere Satire aus dem Voß-Kreis auf Arnim, Brentano und Görres. Der dänische Dichter und Literaturkritiker Jens Baggesen (1764-1826)[160], der *Heidelberg von der Schmach der Görres-Brentano-Arnimisch-romantischen Wut* befreien wollte[161], gab Ende 1809 den ,Karfunkel oder

159 Morgenblatt für gebildete Stände, 25.-26.11.1808, Nr. 283f., S. 1129f. u. 1133f.; Fambach, Rückfall (wie Anm. 28), S. 26-30; Des Knaben Wunderhorn. Alte deutsche Lieder, gesammelt von L. A. v. Arnim und Clemens Brentano. Lesarten und Erläuterungen, Bd. 3, hrsg. von Heinz Rölleke, Stuttgart u. a. 1978 (Frankfurter Brentano-Ausgabe 9,3), S. 666-672; Voß, Werke (wie Anm. 121), S. 327-332.

160 Killy Literaturlexikon (wie Anm. 7), Bd. 1, S. 307-309.

161 Görres, Leben und Werk (wie Anm. 12), Nr. 75.

Klingklingel-Almanach. Ein Taschenbuch für vollendete Romantiker und angehende Mystiker. Auf das Jahr der Gnade 1810' heraus, der in Tübingen bei Cotta erschien. Das Buch nahm noch einmal die längst sattsam ausgetragene Auseinandersetzung um die Liedform des Sonetts auf. Der Karfunkel ist der Stein der *Liederweisen*, mit dessen Hilfe Faust, der einen *Anstrich von Etwas* an sich hat, *das die Philister im Durchschnitt Wahnsinn nennen*, als Besucher am Neckar mit vier Mitstreitern eine *Sonettenfabrik* betreibt. Insgesamt 142 Sonette, *romantisch, mystisch, verworren*, besingen die ‚Sklaverei der Romantiker', das ‚Lob des Korkziehers' oder, mit Bezug auf Brentanos Aufenthalt in dieser Stadt, ‚Landshuts romantische Weihe'. Auch Aloys Schreiber war wieder an diesem Werk beteiligt[162]. Vor dem Hintergrund der napoleonischen Kriege der Zeit schrieb Arnim am 25. November 1809 aus Berlin an Friedrich Creuzer über dieses Werk: *Mich wenigstens hat seit der Jenaischen Schlacht nichts so sehr verwundert, als ein dickes Buch, das eben bey Cotta herausgekommen unter dem Namen Klingding Almanach herausgegeben von Baggesen, das von nichts als der Einsiedlerzeitung und der Sonettengeschichte spricht, einigemal glaubte*

162 Hartleben, Litterärisches Karlsruhe (wie Anm. 39), S. 74.

ich bey dem langwierigen Lesen, die Schlacht von Regensburg, Aspern, Wagram, das sey alles nur eine Lüge aus dem Vossischen Hause, ich wäre noch ein Jahr jünger und sässe im Schatten des Heidelberger Schlosses und wegen dieser lebhaften Rückerinnerung an Sie und alle Freunde dort ... sey auch dem nordisch mythologischen Vogel [Baggesen], *der den Leuten ins Nest s*[cheißt] *und das für Eyer ausgiebt, vorläufig alle öffentliche Rüge geschenkt ...*[163]. Ähnlich äußerte sich Brentano im Dezember 1809 in einem Schreiben an Johann Georg Zimmer: *Gestern Abend habe ich mit Arnim Baggesens KlinkklingelAllmanach durchgesehen, so langweilig, witzlos und recht zum Kotzen giebts nicht viel, besonders da die Niedertracht nicht gespart, diese Esel fechten ein Jahr nachher mit allerlei Feinden, die gar nicht existiren*[164].

163 Steig, Zeugnisse (wie Anm. 47), S. 231 f. Nr. 49.

164 Clemens Brentano, Briefe, Bd. 4: 1808-1812, hrsg. von Sabine Oehring, Stuttgart u. a. 1996 (Frankfurter Brentano-Ausgabe 32), Nr. 561.

Die Romantiksatire ‚Comoedia divina'

Zwischen der zweiten Junihälfte und dem Beginn des Augusts 1808 ist die Romantiksatire ‚Comoedia divina' möglicherweise im Mannheimer Verlag Schwan & Götz erschienen. Als ihr Hauptautor kann Aloys Wilhelm Schreiber gelten, zu dieser Zeit Professor für Ästhetik in Heidelberg; Beiträge von Personen des Kreises um den klassischen Philologen Johann Heinrich Voß in Heidelberg in diesem Buch sind aber nicht auszuschließen. In jedem Fall spiegeln sich in diesem Werk die Positionen der klassizistischen Partei in der Neckarstadt in dieser Zeit. Es handelt sich bei der ‚Comoedia divina' nach dem 1807 erschienenen ‚Uhrmacher BOGS' um die zweite Satire in Buchform, die aus dem sich nach und nach verschärfenden Streit zwischen diesem Kreis und der Heidelberger Romantik hervorgegangen ist.

In diesem Generationenkonflikt sah Voß seine Ideale des Protestantismus, der Aufklärung, der Antike sowie der deutschen Klassik bedroht durch die neue literarische Strömung der Romantik, deren Mittelalterbegeisterung, tendenziell katholische Ausrichtung und spekulativ ausgerichtetes Wissenschaftsverständnis er radikal ablehnte. Während sich der Konflikt bis dahin eher auf einer persönlichen Ebene bewegte, erhielt die Partei der

Klassik mit dem zum 1. Januar 1807 begründeten ‚Morgenblatt für gebildete Stände‘ ein Sprachrohr, das über die Romantik zunehmend kritischer berichtete. Auch in anderen Publikationen, so in der ‚Jenaischen Allgemeinen Literatur-Zeitung‘, polemisierte Voß gegen integrale Segmente der neuen literarischen Strömung, so gegen die Liedform des Sonetts. Die Heidelberger Romantik antwortete hierauf in der von April bis August erscheinenden ‚Zeitung für Einsiedler‘, und die Landshuter Romantik fand ihr Organ in der ab Anfang 1808 publizierten ‚Zeitschrift für Wissenschaft und Kunst‘. Insbesondere die Äußerungen von Voß zeigen, dass er eine grundsätzliche literarische Fehde führte, bei der neben August Wilhelm von Schlegel auch Bürger und Goethe angegriffen wurden, die sich mit der Sonettform beschäftigt hatten. Dagegen nahm zu dieser Zeit zwar das ‚Morgenblatt‘, aber noch nicht Voß gegen die Heidelberger Romantik öffentlich direkt Stellung.

Eine ähnliche Zielrichtung zeigt die ‚Comoedia divina‘. Das überaus disparate Werk aus fünf einleitenden Texten, zwei Theaterstücken und einer persiflierenden Sammlung romantischer Gedichte und Prosa richtete sich in erster Linie gegen die der Romantik unterstellte Förderung des Mystizismus katholischer Prägung und des Wahnsinns.

Neben den philosophisch ausgerichteten Werken des bereits 1801 verstorbenen Novalis mit ihren durchaus radikalen Aussagen nahm Schreiber insbesondere Anstoß an den Publikationen von Joseph Görres. Auf dessen kühne Versuche einer Synthese von Natur- und Geisteswissenschaften, auf seine provozierenden Gedankenblitze und seine Satiren auf Vernunft und Bürgertum reagierte die Spätaufklärung mit völligem Unverständnis und ihrer Abstempelung als offensichtliche Zeichen der Tollheit. Im Gegenzug konstatierte Görres im Verlauf der Fehde, Voß selbst sei nun *toll* geworden.

Die ‚Comoedia divina' arbeitete nicht nur mit Persiflagen, sondern auch mit der Montage von teils aus dem Zusammenhang gerissenen Originalzitaten, um den Vorwurf des Wahnsinns und der Narrheit zu untermauern. Wichtige sich wiederholende Motive sind das Waldhorn, der Rosenkranz, Görres' Zitat von der Baukunst als gefrorene Musik und anderes mehr. Auch die lyrischen Produkte minderer Qualität aus dem Umfeld der Romantik, die ja, wie Görres' Ablehnung von Loebens ‚Guido' zeigt, keineswegs ungeteilten Beifall fanden, boten willkommenen Stoff für eine Ironisierung in ‚Des Dichters Küchengarten'. Gegeißelt wurden weiter die Werke von August Wilhelm und Friedrich von Schlegel. Insbesondere den 1799 erschienenen Roman ‚Lucinde' stellte die Voß-Partei auf eine Stufe mit den klassischen erotisch-pornographischen Schriften der französischen Literatur. Dagegen hatte die Ablehnung der Dichtungen von Wilhelm von Schütz sowie von Görres' Schwager Franz Lassaulx in erster Linie stilistische Gründe. Aus den Reihen der Landshuter Romantik wurden Friedrich Ast, Herausgeber der ‚Zeitschrift für Wissenschaft und Kunst', und insbesondere Karl Rottmanner angegriffen. Er hatte sowohl in diesem Blatt als auch in seiner Gedichtpublikation ‚Frühlingsblumen' bereits auf Voß' Persiflage eines geistlichen Liedes von August Wilhelm von Schlegel mit einem persönlichen Angriff und einer Gegenpersiflage reagiert. Eine weitere Zielscheibe des Spottes war der von einem Bruder von Novalis herausgegebene ‚Dichter-Garten'. Von Görres abgesehen, persiflierte Schreiber von den Dichtern der Heidelberger Romantik Achim von Arnim und Otto Heinrich Graf von Loeben, während Clemens Brentano kaum eine Rolle spielte. Arnim erschien allerdings lediglich unter dem Namen Hornwunder als Herausgeber einer ‚Zeitung für Bettler', während im Falle Loebens wiederum die literarischen Werke verspottet wurden.

Aloys Schreiber, der Urheber der ‚Comoedia divina', erwies sich mit diesem Werk als hervorragender Kenner der romantischen Literatur, auch philosophischer Schriften, die er in seiner Satire travestierend verarbeitete. Daneben ist seine Vertrautheit mit medizinischen Autoren der Zeit bemerkenswert, unter ihnen der nicht unumstrittene Phrenologe Franz Joseph Gall und der Arzt und Ernährungstheoretiker Christoph Wilhelm Hufeland. Um ein Bindeglied zwischen Görres' ‚Aphorismen über die Kunst' und der Medizin handelt es sich bei der philosophisch ausgerichteten Schrift ‚Über Geburt, Dasein und Tod' des Bayreuther Arztes Johann Adam Walther, die ebenfalls erwähnt wird. Gleichfalls an naturphilosophischen Aussagen nahm Schreiber im Falle des Heidelberger Mediziners Jakob Fidelis Ackermann Anstoß.

Da und dort spiegelt sich auch die Biographie Schreibers in der ‚Comoedia divina'. So beurteilte er im Rückblick seine Schulzeit aufgrund seiner Lehrer aus dem Jesuitenorden sehr negativ und stand dem Katholizismus, den er mit Bezug auf Hildebrand, den weltlichen Namen von Papst Gregor VII., als *Hildebrandismus* bezeichnete, sehr kritisch gegenüber[165]. Der Name Hildebrand findet sich auch in seiner Gedichtparodie ‚An Rottmanner'. Seine 1801 erschienenen ‚Gedichte' leitete Schreiber wie in der ‚Comoedia divina' mit einem

165 Biehler, Schreiber (wie Anm. 42), S. 604, 611.

,Die Weihe' überschriebenen Text ein[166]. Wie Görres war auch Schreiber anfänglich ein Anhänger der französischen Revolution, von der er sich aber spätestens 1794 wieder abgewendet hatte[167]. Zu den Werken des Heidelberger Ästhetik-Professors gehören weiter eine kurzlebige, 1793 erschienene Zeitschrift mit dem Titel ,Das rothe Blatt', 1795 publizierte ,Romantische Erzählungen' sowie aus dem Jahr 1791 ,Szenen aus Fausts Leben'. In diesem Werk dringt Faust auf der Suche nach der Wahrheit bis zum Ganges vor[168]. Offensichtlich ist die ,Comoedia divina' Schreibers auch eine Auseinandersetzung mit seiner früheren literarischen Schaffensphase, von der er sich längst distanziert hatte. Seine aktuelle Position zur romantischen Literatur legte er dann in seinem 1809 bei Mohr & Zimmer erschienenen ,Lehrbuch der Aesthetik' nieder. Das *romantische Epos* sei eine *Frucht des Mittelalters*, und die *eigenthümliche Mischung von Heroismus, Religiosität und Liebe, welche den Geist des Ritterwesens bezeichnet, mußte nothwendig auch die Poesie neu gestalten.* Die Romantik habe auf der Grundlage der *Religion* eine *neue Welt des Wunderbaren* erschlossen, dagegen stand in ihrer Sicht die griechische *Göt-*

166 Biehler, Schreiber (wie Anm. 42), S. 605.
167 Biehler, Schreiber (wie Anm. 42), S. 621.
168 Biehler, Schreiber (wie Anm. 42), S. 613, 619f., 632.

terwelt … nur noch als unseliges Heidenthum da, als dunkler Dienst der Dämonen. Im Falle des Sonetts bemängelte Schreiber dessen *beengende … Form* und belegte dies durch den Abdruck einer Dichtung Bürgers[169].

Die ‚Comoedia divina' zeigt das völlige Unverständnis von Voß und seinem Kreis für die Romantik, wobei diese Satire zwischen ihren einzelnen Strömungen und Protagonisten in keiner Weise differenziert; persifliert wird vielmehr die neue Geistesrichtung in all ihren literarischen, philosophischen, medizinischen und religiösen Ausformungen. Trotzdem lässt sich dieses Werk, um Arnims Formulierung aufzunehmen, noch als *literarischen Scherz* auffassen, wie dies auch für die auf die ‚Comoedia divina' reagierenden Satiren gilt, die Arnim und Görres am Ende der ‚Zeitung für Einsiedler' als Beilage veröffentlichten. Viel schärfer war der Ton dann in den Rezensionen des Schreiberschen Werkes aus dem Kreis um Voß, in denen die Romantik massiv angegriffen wurde. Ein ähnlicher Ton zeichnete dann auch die Polemik von Voß gegen die Liedersammlung ‚Des Knaben Wunderhorn' aus, in der in bewusst persönlich verletzender Weise die Fehde noch

169 Aloys Schreiber, Lehrbuch der Aesthetik, Heidelberg 1809, S. 339 f., 258 f.

auf ein weiteres Feld ausgedehnt wurde, das die ‚Comoedia divina' fast ganz ausgespart hatte. Der Kampf gegen die Romantik in der Wissenschaft, den er am Neckar im weiteren Verlauf vor allem gegen Friedrich Creuzer und seine mythologischen Werke ausfechten sollte, begleitete Voß bis zu seinem Tod im März 1826. Noch im zweiten, 1826 bereits postum erschienenen Band seiner ‚Antisymbolik' wetterte er im Kapitel ‚Neuere Symbolik aus Fäulnis' gegen die *geahnten Anschauungen des karfunkelnden Orients* und gegen den *Papist*[en] *Görres* als Teil der *romantischen Neckarschaar, … edle Geheimbündner zur Herstellung der hildebrandischen Domhernzeit,* die sich *im Jahr 1805 … bei uns eingenistet* hatten[170]. Görres resümierte nach Voß' Tod 1826, dessen *sattsam langes Leben* sei *theils mit löblichen und nützlichen Bestrebungen, zum guten Theile aber auch mit unwürdigem Hadern, Zanken und Keifen angefüllt* gewesen[171]. Im Gegensatz zu diesen späteren, persönlich verletzenden, gegen die Romantik gerichteten Invektiven der klassizistischen

170 Johann Heinrich Voss, Antisymbolik, Bd. 2, Stuttgart 1826, S. 252.

171 Joseph Görres, Schriften der Straßburger Exilszeit 1824-1827, Aufsätze und Beiträge im „Katholik", hrsg. von Heribert Raab, Paderborn u. a. 1987 (Joseph Görres, Gesammelte Schriften 14), S. 259.

Partei ist die ‚Comoedia divina' des Jahres 1808 ein originelles Zeugnis der literarischen Auseinandersetzungen in dieser Zeit am Neckar.

Bildnachweis

Abb. 1 stammt aus: Johann Josef v. Görres. Ein Denkmal aus seinen Schriften auferbaut, hrsg. von Johann August Moritz Brühl, Aachen 1854 (Privatbesitz), Abb. 3 aus: Todten-Tanz/ Wie derselbe in der löblichen und weitberühmten Statt Basel ... zu sehen ist ..., hrsg. von Matthäus Merian, Frankfurt am Main 1649 (Stadtbibliothek Nürnberg, Solg. 4. 1972), die Schlossansicht auf der Rückseite des Umschlags aus: Karl Geib, Malerische Wanderungen auf der Bergstrasse und durch einen Theil des Schwarzwaldes von Basel bis in die Gegend von Strassburg, nach dem Murgthale und der rheinischen Pfalz, Karlsruhe 1838 (LBZ/ Pfälzische Landesbibliothek Speyer, B.M. 152 Rara).